# EL VENENO DE LAS ADELFAS

colección andanzas

Obras de Simonetta Agnello Hornby en Tusquets Editores

ANDANZAS

La Mennulara

La tía marquesa

Boca sellada

Entre la bruma

La monja y el capitán

El veneno de las adelfas

MAXI

La Mennulara

SIMONETTA AGNELLO HORNBY

# EL VENENO DE LAS ADELFAS

Traducción de Carlos Gumpert

TUSQUETS EDITORES

Título original: *Il veleno dell'oleandro*

1.ª edición: mayo de 2014


Las traducciones de las distintas citas literarias recogidas en esta novela han sido tomadas de las siguientes versiones:
Teognis (pág. 114): Wenceslao Maldonado, *Entre Afrodita y Eros* (Buenos Aires, 2001). Píndaro (pág. 169): Alfonso Ortega, en Píndaro, *Odas y fragmentos* (Gredos, Madrid, 2006), págs. 212-213. Kavafis (pág. 179): Luis de Cañigral, en *Constantino Cavafis* (Júcar, Madrid, 1981), pág. 161. Safo (págs. 181-182): Carlos García Gual, en *Antología de la poesía lírica griega* (Alianza Editorial, Madrid, 1980), págs. 66-67. Hölderlin (págs. 232-233): Jesús Munárriz, en Friedrich Hölderlin, *Hiperión o el eremita en Grecia* (Ediciones Hiperión, Madrid, 1988)

Diseño de la colección: Guillemot-Navares

Tusquets Editores, S.A. - Av. Diagonal, 604, 1º 1ª - 08021 Barcelona
www.tusquetseditores.com
ISBN: 978-84-8383-876-1
Depósito legal: B. 5.482-2014
Fotocomposición: Moelmo, S.C.P.
Impreso por Reinbook Imprès, S.L.
Impreso en España

# Índice

# El veneno de las adelfas

Los personajes que aparecen en esta novela son puramente imaginarios. Toda referencia a hechos o personas reales ha de considerarse mera casualidad.

En el estático rostro
de este y de aquel
se lee el torbellino
de sus cerebros,
que ondea y duda
e incierto está.

Gioacchino Rossini,
*La Cenicienta*

# 1
## *Nuddu ammiscatu cu nenti*
*Jueves, 24 de mayo, por la mañana*
(Bede)

*Me han vestido con mis mejores ropas.*

El doble cortejo fúnebre se despliega por las calles de Pezzino y aminora el paso ante la iglesia del Purgatorio. Allí, cuarenta años antes, se celebraron tus bodas con Tommaso, en la misma iglesia en la que se había casado tu hermana Mariangela. Yo no estaba; Tommaso me había aconsejado que no me dejara ver por Pezzino, donde todavía se hablaba del «asunto» a causa del cual me había ido a vivir con su familia. Pero después de oírtelo contar tantas veces, era como si yo también hubiera estado en vuestra boda: Giulia, de cinco años, sentada en el banco de delante con los Belmonte, tu familia, alejada de la hermana mayor, Mara, sentada ella también en primera fila pero en el lado opuesto, junto a la abuela de quien había heredado el nombre, doña Mara Carpinteri. Cuando Giulia vio a su padre colocarte la alianza en el dedo, se levantó de su sitio y avanzó muy decidida hacia vosotros: ella también quería un anillo. Tommaso estaba abochornado, así que Giulia se dirigió al sacerdote, para que le dijera a su padre que le diera el otro anillo, y señalaba con la mano el cojinete de terciopelo. Tú, más avispada, te quitaste la alianza y se la pusiste en el pulgar a Giulia; luego ella te la devolvió y regresó a su sitio de lo más contenta.

Tus restos mortales van en cabeza, austeros; sobre el ataúd, una corona de lirios y violetas. Los otros despojos, los míos, están cubiertos por una gran cantidad de coronas y ramos de flores, ofrecidos por mis parientes.

Ante el portal barroco, las figuras semidesnudas de las ánimas del purgatorio contrastan con la sobria fachada catalana. Una vieja que se disponía a entrar en la iglesia se detiene en el pórtico, sorprendida, y observa la fila de vehículos negros de cristales tintados. El cortejo toma la calle principal del pueblo. En la acera del bar del centro —ese donde trabajé de chico— los parroquianos dejan los vasos de vino y las jarras de cerveza sobre las mesitas, como muestra de respeto.

—Gente de una pieza, esos Lo Mondo —dice uno.

—¡No se detuvieron ante nada! —susurra otro a su vecino, con la mano en forma de concha delante de la boca.

—¡Para defender a la familia y vengar su honor! —contesta este en un cuchicheo.

—Desde que se han vuelto ricos...

—Es verdad, pero son *scantusi,* unos gallinas. Desde el «asunto» no se les ha vuelto a ver por el pueblo.

—Te equivocas, en las recepciones del alcalde sí que se dejan ver. Sólo de la gente pobre como nosotros no quieren saber nada.

—No le tienen miedo a nadie, de lo contrario no habrían organizado el funeral en el pueblo. —Y luego, en voz baja, añadió—: Ha llegado un forastero demasiado interesado en historias antiguas... Y los Lo Mondo lo saben.

*Me han querido mucho, mis hermanos.*

Un chico ya achispado dice en voz alta:

—Dicen que él se mató a causa del dolor por la muerte de la Carpinteri. —Pero enseguida es acallado.

De una mesa se levanta una voz:

—No, no, a ese las mujeres no es que le hicieran mucho tilín.

—Pues no podía ser por sumisión a la Carpinteri. Anda que no era vieja, hasta podría ser su madre... —insiste el chico.

Otro:

—Se oyen por ahí historias de ancianas ricas que seducen a hombres más jóvenes...

—¿Que seducen? ¡Que mendigan, deberíais decir! Si hay dinero de por medio, todo es posible. Las tías es que se han vuelto todas como tíos —comenta el chico, y luego vacía el vaso de vino.

—Y lo más extraño es que el arcipreste oficia en el crematorio. ¡Anda que no debían de ser personas importantes, esos dos! ¡Y nosotros, ni idea! —suspira una chica muy joven con una gruesa cruz de plata en el cuello.

Su vecino ha levantado una jarra de cerveza.

—¡El crematorio! —exclama sarcástico antes de llevarse la jarra a los labios—. Buena falta nos hacía en Pezzino, con las alcantarillas por arreglar, las tuberías de agua que pierden y las calles llenas de baches. Si los de la Comunidad Europea que nos han dado el dinero supieran lo que ocurre por la noche en el crematorio...

—¿Por qué? ¿Qué ocurre por la noche en el crematorio? —pregunta un joven con bigotes y bien vestido.

—Nada, no ocurre nada. —El hombre de la jarra de cerveza se ha dado cuenta de que el dueño del bar, apoyado en la puerta, lo está mirando con insistencia—. Qué va a pasar, que excavan *pirtusi,* agujeros para plantar las rosas «del recuerdo», y que podan los *arbuli* y queman las ramas en el crematorio, pues eso, para que no se oxide. Es que los cristianos lo que quieren es acabar bajo tierra, junto con sus familias.

*«Tú* si' nuddu ammiscatu cu nenti»,* *me dijo él, despreciativo; y, dirigiéndose a ella, añadió, «Y tú también, también tú* si' nuddu ammiscatu cu nenti.»

—*¿A cu apparteni,* de quién es la muerta? —pregunta un joven que aguarda junto con otros a que pase el cortejo para atravesar la calle.

—*Nenti,* de nadie, es de una familia de Zafferana, pero acabó aquí. Su padre era médico, medio pariente de la madre del embajador —contesta un viejo elegante con el sombrero en la mano.

*Es mi final. El final de Bede Lo Mondo. Nada. Nadie.* Nuddu. *Y lo mismo ocurre con Anna. Ya sabíamos que moriríamos a la vez. Siempre tuvimos ese presentimiento. Pronto seremos polvo. Desde lo alto, veo entre los tejados de tejas en forma de canutillo la cúpula del crematorio y a nuestras familias en el cortejo, como si ya fuéramos extraños.*

En el primer vehículo, Luigi, único hijo de Anna, ciñe la cintura de Natascia, su jovencísima mujer. Desde el asiento de atrás, Giulia dirige su mirada opaca hacia la fachada de la iglesia; Pasquale Romano, su compañero, está

* Locución siciliana, cuya traducción literal es «eres un nadie mezclado con nada», es decir, peyorativamente, «persona de escasa relevancia», un don nadie. *(N. del T.)*

sentado a su lado, con las piernas abiertas —el muslo pegado al de ella—. Un segundo vehículo acoge a Mara, la primogénita, que mira por la ventanilla, pálida; junto a ella se sientan compungidos Alberto, su ex marido, y Ada, la primera mujer de Luigi. Por detrás, cuatro vehículos abarrotados siguen a los de los Carpinteri; en ellos van mis parientes más cercanos: hermanos, cuñadas, nietos y bisnietos.

El cortejo se acerca a la iglesia madre. A diferencia de la iglesia del Purgatorio, su fachada monumental está decorada con festones de fruta pulposa como un árbol del país de la cucaña. El gran patio ajedrezado de piedra lávica y mármol blanco brilla reluciente bajo el sol. Los transeúntes están alineados a lo largo de la acera. Algunos fieles se detienen en la anteiglesia y esbozan la señal de la cruz.

—Recordaba la pavimentación en mal estado —dice Luigi.

Giulia sonríe resabida.

—La plaza, la anteiglesia y la fachada han sido restauradas con fondos de la Comunidad Europea, que en su mayor parte han ido a parar al bolsillo de políticos que conocemos bien...

—¿Quiénes son esos políticos? —gimotea Natascia.

Luigi le coge la mano y le besa los dedos, uno a uno:

—Ya verás a uno en el crematorio, amor mío. No te gustará.

*Falta poco. El final.*

En el automóvil de mi hermano Gaetano, su nieto Tanino pregunta a mi cuñada Assunta:

—Abuela, ¿verdad que hoy comemos pasta con ragú, a que sí?

Ella menea la cabeza: se ha olvidado de hacer el dichoso ragú de carne.

Tanino se desgañita:

—¡Me lo habías prometido!

—Ya podías haberlo preparado esta mañana, Assu' —dice Gaetano, severo, a su mujer.

—¿Cómo se te viene a la cabeza? Con tu hermano muerto... —masculla ella.

—¡Qué tendrá que ver! —exclama él exasperado—. Bede ha muerto, ¡y *'u picciriddu,* el chiquitín, tendrá que comer!

En el vehículo no se habla de otra cosa más que del ragú, hasta que llegan al crematorio.

Hace un calor asfixiante. El cielo está casi blanco, ni un solo pájaro lo atraviesa. La luz de mediodía deslumbra. Los ataúdes hacen su ingreso en la capilla fúnebre seguidos por los Carpinteri, por mis parientes y luego por las familias Gurriero y Pulvirenti, que esperaban ante el crematorio.

«Nuddu ammiscatu cu nenti», *repetía ella cuando hablábamos de nuestra muerte. «Me parece bien ser el* Nenti *de tu* Nuddu. *Una vez que seamos polvo, me gustaría que una espiral de viento nos transportase hasta Pedrara. Tan* ammiscati, *el* Nuddu *tuyo y el* Nenti *mío caerán como lluvia sobre las adelfas que costean el río, esas de los troncos retorcidos e inclinados de los torrentes, con sus racimos de flores que rozan el agua.»*

Los hijos de Gaetano cierran la puerta y se apoyan contra las jambas.

—Estamos aquí para celebrar los funerales de Anna Belmonte, viuda del embajador Tommaso Carpinteri, y de Bede Lo Mondo —dice el arcipreste, y la ceremonia da comienzo.

*Es mi momento final. El catafalco se desliza sobre la cinta, paso por debajo de la cortina de raso bordada con ribetes dorados y allí espero mi turno, después de la cremación de Anna.*

El ordenanza —manos nervudas, impecable uniforme gris ribeteado de raso negro y zapatillas de gimnasia negras decoradas con flechas blancas— abre la puertecilla frente al ingreso, la que da al jardín del recuerdo, y ocupa su lugar contra la puerta como si fuera una cariátide, con la mirada fija en el ataúd.

*La cinta se mueve y mis restos mortales entran en el horno.*

Con gestos mesurados, el hombre invita a todos a salir, señalando con el dedo a los Carpinteri. Mara, Giulia y Luigi forman la primera fila, equidistantes uno del otro, con sus pasos sincronizados. Luego, un momento de confusión: postrada en el reclinatorio y con lágrimas, Natascia no parece tener intención de dejar el banco. Pasquale la observa por detrás y, expedito, se levanta para formar un dúo con ella. Pero Natascia no se despega del reclinatorio, y él, a su pesar, se ve caminando en la fila siguiente con Ada y Alberto, los ex de los Carpinteri. ¿Quiénes irán después de ellos, mis parientes o los notables del pueblo? El notario Pulvirenti resuelve la incertidumbre y deja el banco con su hijo Pietro, alcalde de Pezzino, y su nuera Mariella, seguidos por el doctor Gurriero, médico de la familia, y su mujer. Detrás de ellos, con los rostros congestionados y los ojos repletos de lágrimas, Gaetano y sus tres hijos varones. Luego mi otro hermano, Giacomo, con sus hijas Nora y Pina. Después de ellos, *a come gghiè,* a la buena de Dios, mujeres, nueras, yernos, nietos y bisnietos. Al salir, refrenan el paso y observan estupefactos a Natascia, sollozante sobre el reclinatorio, con sus rizos dorados elevándose rítmicamente sobre los hombros.

—Los familiares del difunto pueden escoger una rosa en memoria de su ser querido. —El ordenanza silabea en perfecto italiano la frase que le han enseñado, y luego añade—: Plantarla y regarla es cosa del menda.

Señala la rosaleda de jóvenes plantas lozanas, cada una con su propia maceta. Mis parientes, en su primera cremación, arrastran incómodos los pies. Luego alguien llama a la puerta de la capilla. Un intercambio de miradas; los hijos de Gaetano retroceden y se colocan en fila, de espaldas al ingreso. El ordenanza hace ademán de seguirlos, para ver quién llama; se detiene, fulminado por la mirada de mi hermano.

—Yo pago las rosas para el jardín del recuerdo —le dice Gaetano, silabeando las palabras y batiéndose enfáticamente la mano sobre el pecho.

—¿Qué rosas quiere? —pregunta el ordenanza, y lo repite—: ¿Qué rosas quiere?

Nadie le presta atención. Natascia, entretanto, ha aparecido en el jardín, con el vestido sudado pegado a su cuerpo mórbido, tembloroso; parece a punto de desmayarse:

—Luigi, Luigi...

El marido se le acerca, ella busca sus labios y se funden en un largo beso. Delante de todos.

En voz baja, al principio, mis parientes vuelven poco a poco a hablar de las cosas de los vivos. La hermana de Tanino escapa del abrazo de su madre y tropieza, se cae y se pone a gritar; la madre la coge en brazos pero es incapaz de consolarla. Tanino corre por la rosaleda. Evita a Pasquale, agachado para oler una rosa, arranca un capullo y se lo lleva a su hermana. Pero sólo recibe reproches.

—¡Eso no se hace! ¡Son las rosas de los muertos! Si vuelves a hacerlo otra vez, te mato! —grita mi hermano Gaetano, luego lo levanta del suelo y le da un beso en la mejilla.

*Así es como acaba. Mis parientes piensan en sus propios asuntos. Mis cosas. Tú las conoces, como me conoces a mí. Escogidas con cuidado, conservadas con amor. ¿Qué harán con mis cosas? No lo saben. No lo piensan. En cambio, tus parientes ya lo han pensado, di que sí, se han repartido ya lo que era tuyo, cada uno ha indicado lo que quería. Pero no están satisfechos: se arrepienten de no haber escogido alguna otra cosa, y mucho más... Se matarán entre sí.*

*Anna, nosotros dos formamos ya para siempre parte del pasado. Estamos solos, tú y yo, en la nada que nos aguarda.*

# 2
# Cuánta razón tenías, tía Anna

*Viernes, 25 de mayo*

(Mara)

La voz grabada, persuasiva y sin acento, repite las últimas recomendaciones antes del despegue. Miro, a mi izquierda, el inmenso cono aplastado de la *Muntagna,* como la abuela Mara, nacida en Zafferana, llamaba al Etna: genio benéfico para los habitantes de la zona, la *Muntagna* siempre atenta para desviar la colada lávica de los pueblos a ella devotos, premurosa en advertencias con los gruñidos de sus tripas y pródiga en abundantes cosechas. Estoy tensa. El avión se separa del suelo. Un suspiro. Bañada por un mar azul cobalto, Catania se ve hermosa y negra, desde lo alto. La exuberante costa es rica en cítricos en flor. El verde follaje reluce bajo los rayos sin piedad del sol; pronto se posará en ellos la pátina de polvo traída por el bochorno estival.

El piloto se acerca al cráter como si quisiera rozarlo. Está tranquila, hoy, la *Muntagna:* desde la boca del volcán asciende hacia el cielo claro un hilo de humo apenas visible. La vista se extiende sobre la isla entera. Mi madre contaba que, cuando los justos mueren, sus espíritus convergen en el cráter para reunirse con los antiguos espíritus de otros justos, que tienen la tarea de escoltarlos al paraíso. Antes, sin embargo, dan la vuelta a la isla para decir adiós a siete sitios «especiales» de Sicilia: el castillo de Naro, sacudido por el viento día y noche; Caltabellotta, enroscada alrededor del peñón; Erice, el monte que mira hacia África; Ustica, la isla del mar verde; Estrómboli, el volcán que rumia en medio de las olas; Ortigia, la antigua isla griega, y, por último, Pedrara. «Precisamente nuestra Pedrara», repetía mi madre sonriendo, «el refugio de los sículos ante los invasores de ultramar.»

Tal vez la tía Anna esté girando ahora alrededor de la isla con su hermana mayor; a la que había sustituido al lado de mi padre para hacernos de madre a Giulia y a mí.

Entramos en un banco de nubes cándidas. Deslumbran. Pestañeo y, casi automáticamente, vuelvo atrás en el tiempo. Me sumerjo en los recuerdos.

Tengo nueve años. La primavera está acechando. Paseamos por los jardines bajo el emparrado de glicinias, la mano bien sujeta a la de la tía. Yo correteo junto a mi padre.

—Tía Anna va a venirse a vivir con nosotros, será como una madre para ti y para Giulia —dice él—, y una mujer para mí. —Luego añade—: ¿Estás contenta?

—Pero que no se muera como mamá —contesto después de habérmelo pensado, y busco la mirada de la tía—: Tía Anna, ¿me prometes que no te vas a morir?

—Prometido. —Y me aprieta los dedos, sus ojos en mis ojos.

La he querido como quise a mi madre, pero no la llamé nunca mamá. Para Giulia, demasiado pequeña para acordarse, la tía era mamá y basta.

Cuarenta años después, la tía ha roto su promesa imposible. Estoy a las puertas del medio siglo. Mi padre murió cuando yo tenía dieciséis años y ella se dedicó a nosotros —a Giulia, a Luigi y a mí— con devoción. Era distinta a todas las mujeres que he conocido: cariñosa, fuerte, serena, justa. Y sabia, excepto en su última decisión: dejar Roma para trasladarse a Pedrara.

Hizo de todo para persuadirme de que era la elección más adecuada: el alquiler del apartamento de Roma estaba subiendo y el coste de la vida era altísimo; las rentas de los invernaderos disminuían cada vez más, ella no gozaba de buena salud —osteoporosis y un diagnóstico de Alzheimer en su estadio inicial— y, desde su última caída, era incapaz de cuidar de sí misma. Necesitaba dos cuidadores, que se turnaban, y no podría seguir permitiéndoselo mucho tiempo, mientras que, en Pedrara, Bede y sus sobrinas, Pina y Nora, la atenderían estupendamente.

Le hice notar que para nosotros, sus hijos, iba a resultar difícil ir a visitarla a los montes Ibleos; se vería privada de nuestra compañía y de nuestros cuidados. Llegué a ofrecerme incluso a ayudarla financieramente, yo que, de nosotros tres, era la única que no poseía una casa. La tía me cogió de la mano:

—Vendréis..., estoy segura. Y no estaré sola. Estaré rodeada de cariño. —Dirigió la mirada hacia la catedral de San Pedro, en la lejanía, y murmuró—: No echaré de menos Roma. Ni siquiera a mi confesor, monseñor Bassi. Dios ha sido generoso conmigo. He recibido tanto amor en mi vida, y seguiré recibiéndolo. —Después de una pausa, añadió, afligida—: No me lo merecía, todo ese amor...

Le recordé lo que decía mi padre: nadie debería vivir largo tiempo en Pedrara, el aroma de las adelfas es tóxico. Eso no le había gustado. Intentó incorporarse apoyándose en los brazos del asiento; no lo consiguió. Entonces, levantando la mano, agitó el dedo índice hacia mí:

—¡Tu padre era un memo!

Acepto la bebida dulzona que me ofrece la azafata, me anima. Estoy sola. Viola ha preferido marcharse inmediatamente después de los funerales, con su padre y Thomas; anoche cogieron el avión para Milán, luego Thomas prosiguió hacia Trento. Viola no se veía capaz de quedarse más tiempo en Pedrara, se sentía atropellada por las emociones, así me lo ha dicho; o tal vez quería marcharse con su primo. Thomas, ante la noticia de que su madre y su madrastra vendrían al funeral, le había dicho a Luigi que ya no estaba dispuesto a recitar su papel de hijo en el guión de la familia feliz ampliada; prefería irse a Trento con sus abuelos maternos. Y se había mantenido inamovible en su decisión.

Han hecho bien, me han concedido una última noche en Pedrara a solas. Aunque me habría gustado que Viola me mandara al menos un mensaje para tranquilizarme, diciéndome que había llegado bien. Que había comido algo, aunque sólo fuera que se había bebido un zumo de fruta. Quería oír su voz. Cuántas veces me he visto con el teléfono en la mano, el dedo sobre las teclas. Para no tener al final el valor de presionarlas. Nos encontramos en medio de un banco de nubes. Fuera, todo es guata gris. Estoy sola.

La terrible soledad de una madre que no se atreve a llamar.

«Tú eres mi predilecta entre los hijos», me decía la tía. «Pero no eres mi preferida», añadía, «es sencillamente una afinidad más.» Nunca manifestó diferencias de trato. Cuando nació Viola, me mandó una notita de color crema, en uno de sus bonitos sobres forrado de papel de seda marrón. Le gustaban las relaciones epistolares y explicaba, con una sonrisa cómplice, que antes del matrimonio había enseñado en un colegio de secundaria: a poco que se excavara en ella, seguía siendo en el fondo de su alma una maestrita. «Los hijos se conciben por gusto y con egoísmo; se crían por necesidad. A aquellos que conciben sin placer les resulta difícil amar a sus hijos por instinto, pero deben aprender. A los niños que no reciben cariño se les marchita el alma y la carne. Tú, que has concebido a Viola por amor, disfruta de ella sin esperar nada a cambio. La gran mofa de la vida es precisamente esa: los padres nunca dejan de ser el respaldo de los hijos, pero al final mueren solos, tal como han nacido.»

Cuánta razón tenías, tía Anna. Morimos solos. Estuve contigo unas horas antes de que murieras, pero no tuve el menor presentimiento. Nora se había ido, dejándote perfumada para la noche. Bede iba a dormir en tu alcoba, tal como tenía por costumbre, y tú lo esperabas tranquilamente. Entré para asegurarme de que todo estuviera en orden y luego te dejé allí. Estabas muy guapa, tía. Tus cabellos, recogidos en un moño aplastado sobre la almohada, parecían una aureola dorada. Me hubiera quedado a mirarte, me recordabas a un querubín del Beato Angélico. Pero debía reunirme con Viola, quería salir al jardín conmigo.

Giulia me dijo luego que te pusiste nerviosa porque Bede no había llegado aún. Lo estuviste llamando muchas veces. Luego, silencio. Giulia había subido; lo había visto junto a ti y se había ido; me aseguró que te habías quedado dormida. Y no volvimos a oírte más. Nos imaginamos que Bede se habría metido en su cama a los pies de la tuya sin hacer ruido y que tú dormías con el sueño de los justos.

Moriste cuando murió Bede, tal como queríais. Pero no juntos. Me lo dijo él también, que viviría tanto como tú y que te cuidaría hasta el final, me lo dijo cuando vino a Roma para acompañarte a Pedrara. No le llegué a creer. Era una afirmación melodramática, en los límites del mal gusto. Digna de un hombre afeminado y ambiguo como él. Eso fue lo que pensé. Sin embargo, ocurrió.

# 3
# *Garrusu pari Bede*
## (Bede)

La mía era una hermosa familia. Pobre.

Mi madre trabajaba como costurera; tenía una buena clientela y sabía coser también vestidos y pantalones para niños. Mi padre era zapatero; trabajaba en un chiscón pegado a nuestra cocina. Durante los años de la guerra, mientras él estaba en el frente, mi madre mantuvo a Gaetano y a Giacomo con su trabajo y siguió sacando adelante a la familia incluso después de que él hubiera vuelto. Ella sostenía que el encarcelamiento le había cambiado, la melancolía lo devoraba vivo, y se sentía abúlico: ponía las suelas a los zapatos desganadamente, como si su oficio ya no le gustara. Tenía miedo a una nueva guerra y se había sacado el permiso de armas. Todas las semanas iba a los campos de zu' Tano, su primo carnal y propietario del bar del centro, para recoger verdura y desanidar conejos; permanecía allí varias horas: disparaba a los botes de concentrado de tomate, para no perder la práctica, y se llevaba a mis hermanos a disparar. Yo también, cuando crecí un poco, iba con ellos. A Gaetano y a Giacomo se les daba bien: con sus disparos, en un abrir y cerrar de ojos, la lata sobre el murete quedaba hecha trizas. Y para animarme a mí también en el tiro al blanco, mi padre me regaló una pistolita de plástico, de esas que se venden en los tenderetes de las ferias. Pero aquel regalo no consiguió nada. Disparar no me gustaba. «Tú eres especial. Se ve también en esto», me decía él. Luego añadía: «No debes preocuparte, tus hermanos te protegerán, si *'nsamadio*, quisiera Dios que fuera necesario». Yo veía que estaba pensativo; pero luego, para consolarse, decía que, a diferencia de Giacomo y de Gaetano, que eran ariscos por naturaleza, yo me llevaba bien con viejos, jóvenes, ricos, pobres, hembras y varones. Y hasta con los animales.

A mi madre le gustaba contarme cómo fue que yo, tercer hijo de una familia a la que le costaba salir adelante, fui a nacer en su casa. Ella cosía hasta bien entrada la noche y de día se dedicaba a hacer encargos, cuidar de la familia y ver a las clientas; ya había llegado a los cuarenta y se cansaba mucho: quería una hija hembra que le ayudara y le hiciera compañía, pero mi padre no quería ni oír hablar de ello. Al final se encomendó a una bruja, y esta preparó unas pociones para dárselas a mi padre a escondidas e hizo los conjuros adecuados.

«Varón eras, y no me lo esperaba», me decía mi madre, «pero bellísimo y blanco de piel como *'u Signuruzzu*. Entonces comprendí que era especial *'stu* hijo mío, y bueno como un ángel debía crecer. Y así fue: me saliste guapo y bueno. Tu padre quería llamarte Bede (dice que conoció a uno en el campo de concentración), pero en el ayuntamiento te inscribieron como Benedetto.»

«En el colegio debes llamarte Del Mondo Benedetto», me dijo cuando empecé la primaria.

Desde entonces acepté tener dos «yos», Bede y Benedetto, y me sentía cómodo.

Mis padres y mis hermanos se habrían quitado el pan de la boca por mí. En la feria de Pezzino, mi padre rascaba siempre los cuartos para comprarme los juguetitos de plástico que me gustaban; mis hermanos me traían los primeros higos maduros y bastaba con que yo expresara mi deseo por alguna verdura —acelgas, borrajas— para que ellos fueran a recolectarlas a los campos de zu' Tano. Mi madre era más severa, pero también procuraba complacerme cuando podía. Yo era su sombra. Ella hacía las tareas de casa en silencio y yo, muy calladito, la ayudaba: tendíamos la colada de unas cuerdas en la huerta, restregábamos juntos las ollas de cobre con la arena del río, barríamos el pavimento y pasábamos un paño con el bastón, abrillantábamos las huellas de los escalones.

Mientras cosía, mi madre era toda ella un parloteo. Contaba cosas que le habían enseñado en el colegio e historias de la familia y de las clientas, con las que le hubiera gustado tratarse. Eran pobres también, pero pudientes en comparación con nosotros, y ella no osaba dar el primer paso. Mi madre era celosa y protectora conmigo, porque eres especial, decía. No me permitía jugar en la calle, pero los demás niños eran bienvenidos en nuestra casa. Aprendí pronto a quitar los hilvanes, a arreglar los botones, a alisar las telas con las manos antes de doblarlas y meterlas en el cajón, a ordenar los trapos por color y calidad, a examinar todos los retales para encontrar los más adecuados para hacer los agarradores, rectangulares para las ollas y cuadrados, más pequeños, para las cafeteras. Me gustaba preparar las capas de fieltro que luego ella cortaba para rellenar las hombreras, reforzar los sujetadores con la tela puesta al bies, coser automáticos y ganchitos: trabajos todos ellos que requerían precisión.

Era un placer tocar las telas toscas, las cretonas suaves, los fieltros mórbidos, el popelín encerado y el raso resbaladizo, y pasar luego la nariz en busca del olor de cada uno. Olfateaba también los cuerpos de las clientas: el aroma del talco aplicado con la borla sobre los hombros, debajo de los senos y las axilas, el olor acre de los muslos y de los pies sudorosos.

Sin embargo, cuando mi madre quería estar sola con ellas, yo iba a sentarme junto al banquito de mi padre. Él trabajaba en silencio. Respiraba el olor tóxico de la cola, amarilla como el oro y densa como la miel; el de la piel de vaca curtida, más penetrante; el varonil del cuero. Y escuchaba el repiqueteo del martillo sobre los clavitos, los golpes fuertes sobre los tacones, el ruido seco de los tijeretazos en la piel de cabra, el rechinar de la hoja al ser afilada sobre la tira de cuero. A veces me contaba historias de la guerra. No las terminaba nunca; de repente, dejaba de hablar. Se le secaba la garganta, y dejaba la frase a medias. Entonces, cada uno pensaba en sus propias cosas.

Pero lo que más me gustaba era asistir a las pruebas de las clientas. Las chicas con curvas en combinación eran una maravilla. Mi madre prendía sobre sus bustos, con los alfileres, la tela para el corpiño ya cortada, drapeaba la de la falda en las caderas, formaba los pliegues y se los ajustaba a la cintura. Sin apartar los ojos de sus carnes, rosadas, redondas y suaves, yo le tendía los alfileres. Hubiera querido ser como ellas. Una vez intenté acariciar el brazo bien torneado de una chica. «*Garrusu pari Bede,* y parecía julandrón este Bede, pero ¡quita, quita!», dijo ella, y se reía junto con las demás, y al reírse mostraba sus preciosos dientes blancos.

Mi madre me acariciaba el pelo, dulcísima. Ella ya lo sabía.

*Ahora voy a verte,* mammuzza *mía, y traigo conmigo a Anna.*

# 4
# En Pedrara
*Sábado, 19 de mayo*
(Mara)

Yo estaba esperando a Viola corroída por la ansiedad. Había ido a los estudios televisivos de la RAI para ver a su padre. Alberto estaba grabando el programa que concluiría la vigésima temporada de *En familia*, su espacio de entrevistas. Viola tenía que comunicarle que iba a abandonar sus estudios de antropología. Le faltaba valor para decirle que no había logrado aprobar los exámenes del primer año y que había sido expulsada de la universidad. Además, las chicas con las que compartía la casa le habían pedido que dejara su cuarto a finales de mes: Viola hacía que se sintieran incómodas, con su obsesión por comer a solas y por cocinar aparte. «Demasiadas verdades me hacen trizas», había lloriqueado mientras me lo contaba.

Para distraerme, me dediqué al cambio de armarios, una tarea fatigosa pero agradable. Guardaba la ropa de invierno, satisfecha de volver a sacar la de verano, ligera y colorida. Y me deleitaba por adelantado con el placer de las compras para la nueva temporada: seguiría con asombro y curiosidad las progresivas oscilaciones de la moda, y una vez más sería como enfundarme una piel nueva. Antes de meter en sus fundas los vestidos, las chaquetas, los abrigos, las faldas y los pantalones, antes de doblar los jerséis y guardarlos con el antipolillas en sus respectivas grandes cajas de cartón forradas con papel de periódico, que permanecerían encima de los armarios hasta el otoño, verificaba que todo estuviera bien limpio y perfectamente cepillado. Observaba cada prenda con atención y casi con cariño, acariciaba el tejido como si fuera el pelo de un animal para comprobar su calidad —observaba los puntos clave: la sisa, el cuello, los hombros y el forro— y a veces hacía una última prueba: si la tela era bonita y la prenda me sentaba bien resaltando el cuerpo, la guardaría hasta el otoño siguiente o hasta que lo viejo se convirtiese en *vintage* y volviera a ponerse de moda. De lo contrario, me desharía de ella.

Este amor por los vestidos bien hechos me lo había transmitido la tía Anna. Al final de una larga disputa hereditaria con su hermano había obtenido, junto con los muebles de la casa de Zafferana, algunos baúles de ropa de cama y de vestidos antiguos: los guardaba en Pedrara, y durante las largas vacaciones estivales yo la ayudaba a airear los vestidos y a devolverlos a su sitio. Después de la muerte de mi padre no volvió a pedírmelo.

Había trabajado mucho en la colección de zapatos DOM otoño-invierno, con la doble espada de Damocles del cambio de propietario en la empresa y de un potencial despido —en mi sector, a una mujer de cincuenta que no ha alcanzado el éxito se la considera un limón exprimido—, y había obtenido mi recompensa: mis creaciones habían gustado a los *buyers* saudíes y el nuevo consejero delegado de DOM me había felicitado, si bien evitando cuidadosamente aludir a un aumento de sueldo. Sentía que iba a ser un buen año para nosotros, y que Viola iba a obtener de su padre lo que le pedía. De vez en cuando, me acercaba un vestido al cuerpo y me miraba al espejo. Llevaba estupendamente mis años y en biquini seguía luciendo bien; en cualquier caso, pediría una cita al cirujano y antes de las vacaciones me pondría como nueva.

Al lacónico sms de Giulia le siguió justo después una llamada imperiosa: «Mamá padece desde hace días una fuerte infección urinaria, desvaría. No responde a la medicación. El doctor Gurriero me ha pedido que os advierta a Luigi y a ti que es muy grave».

Mi última visita a Pedrara fue hace tres años, en febrero. Pasé dos noches allí antes de ir a Catania para la fiesta de Sant'Agata. Los almendros estaban en flor y las vistas del valle, blanco y rosa, me habían ensanchado el corazón. Pensaba confusamente que también para Viola habría sido un consuelo tener un sitio al que volver, pero en el curso de los años nuestras visitas a Pedrara habían sido raras y breves, y ella apenas lo conocía: me daba cuenta de que no había hecho nada para que echara raíces y tal vez ahora fuera tarde para intentarlo.

El automóvil de alquiler me esperaba en el aeropuerto de Catania para llevarme a casa, otras dos horas largas de viaje. Como me había dicho el chófer, nada había cambiado: un breve tramo de autopista, luego la autovía de doble carril —esta también durante unas pocas decenas de kilómetros—, más tarde una confortable provincial y, en el último tramo, una carretera privada que se estrechaba y se encaramaba al altozano entre curvas cerradísimas.

Una vez pasado el cruce de Pezzino, el automóvil tomó una carretera semiabandonada que atravesaba campos de cereales delimitados por muretes en seco, con almendros silvestres y granados dispersos, que yo no recordaba. El cartel que indicaba BOSQUE DE SAN PIETRO había sido arrancado del poste. Ni una casa, ni una cabaña a la vista. El asfalto se había reducido a una pista marcada por profundas grietas. Luego apareció el bosque de San Pietro, y me hallé en lugares conocidos.

El tortuoso carril era estrecho y sólo permitía el paso de un vehículo a la vez. La sombra de los robles, alivio muy agradecido tras el ardiente sol de la meseta, anticipaba el frescor con el que nos acogería la villa. Bajé la ventanilla. Tras el tronco de un grueso olivo quebrado por un rayo, la tierra se resquebrajaría y veríamos el extremo de la cantera, donde las paredes se unían como las manos de un cíclope en oración. De ahí manaba una gruesa vena de agua que acababa, junto con el chorro de un segundo manantial, en una cavidad de cal. Las aguas originaban una altísima cascada en forma de columna, que al caer creaba un venero espumoso desde el que un pequeño torrente afluía serpenteando en el río Pedrara, que daba su nombre a la cantera.

El sol poniente embistió de través la columna de agua: parecía una cascada de diamantes, de lo mucho que relucía. Y me olvidé de la tía Anna. Aunque sólo por un instante.

El chófer se afanaba con pericia por las estrechas y cerradas curvas que bajaban hacia el valle. Lejos, frente a mí, la cresta de piedra estaba horadada por huecos negros: eran antiguas tumbas, algunas inalcanzables, otras con un rastro de sendero rasante a la piedra desnuda. Una vista familiar y muy querida. A lo largo de la pared, subiendo por los senderos, atisbé unas sombras oscuras en fila india: se introducían en los huecos justo mientras otras salían, como hormigas obreras —unas iban, otras venían—, ordenadas y solícitas.

—¿Quiénes son? —le pregunté al chófer.

—Yo no veo a nadie.

Se las señalé; él miró y luego repitió, decidido:

—Yo no veo a nadie.

Intenté tomármelo con desapego:

—¿Hay africanos por aquí?

—No lo sé. Son cosas que no me incumben.

Y dio un volantazo para entrar en un tupido bosque de encinas. Cuando salimos, los negros habían desaparecido.

Me apoyé en el respaldo y cerré los ojos, cansada.

—¿Hace mucho que no vuelve a su casa?

Me sobresalté. El chófer señalaba una masa oscura más abajo, la villa de Pedrara, cuya torre apenas se reconocía. No le contesté. Él cambió de tema.

—Siempre era a mí a quien quería ver en el aeropuerto doña Anna, en el caso de que el doctor Lo Mondo no pudiera ir a recogerla. Yo era el único en quien confiaba. Doña Anna era feliz al volver a su casa. —Me miró por el espejo retrovisor—: Su madre está mejor atendida que una reina. —Y pisó el acelerador.

La verja de hierro colado, abierta de par en par, nos invitaba a tomar el paseo empedrado que llevaba a la villa.

El crepúsculo retrocedía ante los lametazos de la noche. Los azulejos de cerámica de mayólica que enmarcaban ventanas y balcones relucían, destacando contra el revoque de la fachada, ya oscuro. El aroma de las flores nocturnas y de los jazmines, recién regados, ascendía para envolver la villa.

Como si nos hubiera estado espiando, Bede apareció en la puerta mientras yo bajaba del automóvil. Llevaba su clásico atuendo, el de sus veinte años, admirado por toda Alejandría: una galabeya de algodón blanco de rayas grises y negras, ajustada en los hombros y marcada en la cintura, que caía mórbida hasta rozar las babuchas de tafilete beis. Sus cabellos negros, divididos por una raya central y recogidos en una coleta, hacían resaltar sus altos pómulos, la frente lisa con tupidas cejas bien dibujadas y los enormes ojos almendrados de color verde azulado. Su bronceado era más evidente a causa del blanco de la galabeya. Andrógino, ambiguo, era extraordinariamente sensual. Casi sin edad.

Bede se disculpaba, pero tenía que salir. El mismo chófer que me había acompañado lo llevaría a él a una cita. Estaría de vuelta antes de medianoche; Pina, su sobrina, estaba con la tía y esperaría hasta su regreso. Luego pasó a hablar de la salud de la tía: se había tomado todo el caldo y ahora estaba descansando; el doctor Gurriero había venido esa tarde: a pesar de que no hubiera reaccionado al antibiótico como él esperaba, la había encontrada más lúcida y...

Se interrumpió, por detrás de él se habían asomado Giulia y Pasquale. Bede cogió mi maleta.

—Te la llevo a la hospedería de la primera planta, te espero allí... —Y se esfumó escaleras arriba, dejándonos a los tres en el umbral.

—¡Ah, conque has podido venir!

Giulia tenía una sonrisa tensa sobre su hermoso rostro. Me ofreció la mejilla distraídamente; su beso olía a sudor. Sus cabellos claros estaban despeinados, y me pareció delgadísima, con una blusa y unos vaqueros demasiado amplios.

—¡Bienvenida! —Pasquale me puso las manos sobre los hombros, me atrajo hacia él y me estampó dos besos en las mejillas—. Has hecho bien en venir, a vuestra madre no le queda mucho. Para Giulia es un gran consuelo tenerte aquí.

Ella, mientras tanto, había recogido del suelo a *Mentolo,* su gato bermejo, y lo acariciaba.

—Esperamos a Luigi esta noche... —Y luego añadió, hostil, sin mirarme—: Nosotros estamos acampados en el comedor y en la antecocina. Podemos cenar juntos, si quieres.

—Antes quiero ir a ver a la tía —contesté, y subí rápidamente.

La alcoba estaba a oscuras; Pina —me costó reconocerla— se levantó de la silla que estaba junto a la cama y encendió el *abat-jour,* velado por un cuadrado de seda de color ámbar. Tía Anna estaba adormilada, con la cabeza hundida en la almohada. Pina intentó despertarla. Le susurraba cosas, le hacía cosquillas en la mejilla. Ella hizo amago de sonreír y siguió dormitando. Su rostro parecía carente de arrugas, rosado, fresco. Le estreché la mano.

—¡Tía, soy Mara! ¡Acabo de llegar de Milán!

La tía se espabiló, abrió un poco los párpados, pero volvió a cerrarlos enseguida. Le dejé la mano sobre la sábana.

—Tengo sed... —murmuró.

Le quité a Pina de las manos el vaso con la pajita.

—Tía Anna, soy Mara..., aquí tienes, bebe. —E intenté incorporarla del almohadón.

Ella abrió de nuevo los párpados, una hendidura tan sólo, y se quedó mirando el vaso. Luego su mirada fue deslizándose a lo largo de mi brazo y desde allí pasó a mi rostro. Se puso rígida.

—¡Vete de aquí..., vete de aquí! ¡Que venga Bede! ¿Dónde está Bede?

Escrutaba nerviosa en la penumbra mientras yo le repetía:

—¡Bebe un sorbito de agua! ¡He venido aposta de Milán para verte...!

De repente, ella rechazó mi mano, volcando el vaso.

—¡Bede! ¡Bede! —Y dirigiéndose a mí—: ¡Vete de aquí!

Giulia me había seguido y se había mantenido apartada, con el gato en brazos.

—No te quiere —dijo sin sentimiento—. No te quiere, tan sólo quiere a Bede.

—¡Bede! ¡Bede! —gritaba la tía. Me miraba como me había mirado Alberto cuando fui a su camerino para felicitarle, al final de la primera temporada de *En familia.*

Había dejado en casa a Viola, recién nacida, y había entrado sin llamar, para darle una sorpresa; a él le haría ilusión, estaba segura. Sentada sobre la mesa de maquillaje, una azafata medio desnuda tapaba la foto de Viola pegada al espejo iluminado. A su lado, una botella de vino espumoso, dos copas y un *plateau* de ostras. La mirada dura de Alberto.

—Vete de aquí —me había exigido, con la voz plana.

Salí de la habitación junto con Giulia. Me costaba contener las lágrimas. Ella se había dado cuenta y tuvo un momento de incertidumbre, como si quisiera decirme algo. Cerró la puerta y parecía estar de nuevo a punto de hablar, pero luego se limitó a lanzarme un mirada huidiza y se alejó rascando el hocico de *Mentolo*, que ronroneaba rumorosamente.

# 5
# Ciertas verdades amargas
*Sábado, 19 de mayo*
(Bede)

*Durante mucho tiempo me sentí ajeno a las hijas de Tommaso, pero luego aprendí a cogerles cariño. Especialmente a Mara. Me lo enseñaste tú. Y con todo, lo que Mara y yo nos dijimos en nuestro último encuentro nos ha dejado con mal sabor de boca a ambos.*

*Qué lástima.*

Esperaba a Mara en el balcón de la sala de la primera planta, frente al tramo final de la escalinata de madera labrada que, desde la entrada, llevaba hasta arriba.

Estaba de espaldas al jardín, con las manos bien distanciadas sobre la barandilla de hierro forjado, como su padre y como yo mismo cuando esperaba la llegada de Anna. Desde allí se vigilaba el interior de la villa: el vestíbulo cuadrado de la planta baja al que dan cuatro puertas, la de ingreso, frente a mi puesto de vigía; a los lados, las del comedor y la hospedería, e, invisible, debajo de la escalera, la del salón.

—Ven, Mara —la llamé mientras subía—. Quisiera hablar contigo a solas. Es importante.

Desde la última vez que la vi estaba algo estropeada, pero seguía siendo muy elegante.

—Esperemos a Luigi, vendrá más tarde —sugirió ella.

—No —insistí—. Tú eres la mayor. Ven.

Le recordé lo que les había dicho a Giulia y a ella el pasado enero, en Roma, que iba a llevarme a Anna a Pedrara y que me ocuparía de ella hasta el final, yo solo. No me hacía ninguna falta su ayuda, ni tampoco su dinero. La miré fijamente a los ojos:

—Has de saber que vuestra madre no ha estado nunca en peligro de muerte.

—Giulia está convencida... —comenzó ella.

La interrumpí.

—Giulia no debería haberos llamado. Ya os habría informado yo a todos vosotros si hubiera habido necesidad. Doña Anna no se está muriendo.

Me urgía hablarle de Giulia.

Había venido con Pasquale para acompañar a su madre. Su intención era volverse de inmediato a Roma, pero, en cambio, nada. Se habían traído bolsas y maletas. Y hasta el gato.

—Ese tipo no tiene la menor intención de irse. Antes se dedicaba a la escultura, así que se puso a tallar las maderas secas que encontraba en los campos. Luego descubrió una veta de arcilla y se convirtió en ceramista: modela «obras artísticas», así es como las llama, y recipientes. —Hizo una pausa—. Pero sobre todo se entromete en los asuntos de los demás e interfiere con los gestores de los invernaderos.

Deambulaba por doquier en la villa, rebuscaba en los cajones, abría los armarios y lo tocaba todo. Luego dejaba las cosas revueltas. Giulia estaba a su servicio y a su madre la atendía más bien poco, casi nada. Ni siquiera hablaba con el doctor Gurriero, que venía sin falta todos los días a ver a la enferma. Giulia y Pasquale debían marcharse.

—La villa es vuestra casa, aquí siempre sois y seréis

bienvenidos. Pero no para ocuparos de vuestra madre. Eso es asunto mío —le dije.

Mara me escuchaba, tristísima. Me arrepentí de haber usado un tono tan autoritario. Habría querido consolarla. Pero miré el reloj y me percaté de lo tarde que era. La dejé allí, sin abrazarla.

*Todo este ir y venir de un lado a otro, todo este tiempo. Mi tiempo. Trabajo, trabajo, como intérprete, traductor, calígrafo, organizador de congresos. Ocuparme del mantenimiento de la villa, sacar adelante las actividades relacionadas con Pedrara. Y tener que lidiar con esos dos estúpidos. Todo a la carrera, para poder ocuparme de ti, para que estés contenta.*

*Anna, ahora a nosotros dos no nos queda más que el descanso.*

El chófer me había dejado en el cruce de Pezzino. Allí el bosque de San Pietro estaba tan tupido que parecía impenetrable. Me metí por un estrecho pasaje: poco más allá me esperaba, en el sitio de siempre y con los faros apagados, el automóvil del Mudo. Al cabo de unos minutos llegamos al depósito del ferrocarril: una ancha construcción de estilo fascista, de dos plantas, al borde del precipicio de la cantera de Pedrara. En el guardarropa tan sólo había quedado mi capa, colgada del gancho número tres junto con mi máscara, Pantaleón. El nombre aparecía escrito debajo del gancho. De los ganchos del Número Seis —el doctor Balanzone— y del Número Siete —Brighella— colgaba un penacho rojo: aquel día no se les esperaba. El Mudo aguardó a que me vistiera y me acompañó después a la sala de reuniones. Los demás Números ya estaban sentados en sus sitios.

El Número Uno, presidiendo la mesa, se retorcía la barbilla bajo la máscara de Arlequín.

—¿Ya han llegado? —me preguntó sin saludar.

—Buenas noches a todos. La mayor llegó hace una media hora; el hijo llega esta noche.

Número Uno:

—¿Sabe cuándo se irán?

—No lo sé —contesté—. Es todo obra de la hija menor.

Número Uno:

—¿Cómo los está animando para que se vayan?

Número Dos, Peppe Nappa:

—Ya contesto yo. Hemos mandado mensajes al compañero de la hija menor. Un poco tarado sí que está, pero empieza a espabilar...

Número Uno:

—Debemos actuar deprisa. Tienen que largarse, todos. Hoy he recibido la confirmación de que el miércoles por la mañana desembarcarán doscientos transeúntes y de que llegarán aquí esa misma noche. ¿Dónde los metemos?

Número Dos:

—En las tumbas comunicadas hay espacio. Los invernaderos están al completo.

Número Cuatro, Giangurgolo:

—Me dicen que hay tres enfermos.

Número Uno:

—Dejádmelos a mí. Los llevaremos a la «enfermería» de siempre.

Número Dos:

—¿Comen cerdo?

Número Uno:

—Nada de carne, de ninguna clase. Hay que ahorrar. Arroz, judías, queso y fruta.

Número Cinco, el Capitán Rodomonte:

—¿Hay algo más? Debería estar en una entrega de premios del Rotary.

Número Uno:

—Sí, lo hay. Me preocupan, *'sti babbi,* esos tipos. El tiempo corre, hoy estamos a sábado. Si para el lunes por la noche no se han ido tendremos que actuar. Habrá que pensar en hospitalizar a la anciana en la clínica de nuestros amigos de Catania. O bien en Siracusa.

—Habíamos acordado que eso no ocurriría —objeté. Miré una a una las máscaras encapuchadas e insistí—: La anciana debe quedarse en la villa.

Número Uno:

—¿Desde cuándo me dice a mí alguien «debe», Número Tres? Ese no es lenguaje para esta compañía.

—Estábamos de acuerdo —repetí.

Número Uno, levantando la voz:

—Yo no lo recuerdo. ¿Quién de vosotros *s'arricorda* de este acuerdo? Para que quede claro, el Número Tres dice que la anciana no debe dejar la villa... excepto que sea *cu i pedi nn'avanti,* con los pies por delante. ¿Por casualidad alguno de vosotros *se l'arricorda?*

Silencio.

Número Dos:

—Pensemos de momento en colocar a esos doscientos transeúntes y luego ya se verá.

Número Uno, retirando la mano de la barbilla y levantándola con la palma abierta hacia nosotros:

—¡Alto! Hay otra consideración que hacer: he oído decir que un forastero está buscando a un julandrón con el que se vio su padre el día que lo mataron, hace años. Dice que tiene el ADN... Yo le he dado a entender que no hay rastro de *'stu picciottu,* de ese chaval.

Número Cuatro:

—Tenemos que estar alerta. *'Nsamai,* ojalá que no, quisiera tener manos libres.

Número Uno:

—Si le damos al Número Cuatro lo que pide, el Número Tres debe darme a mí personalmente manos libres con todos *'sti babbi.* Incluida la anciana.

Número Dos:

—Estoy de acuerdo con lo que dice el Número Uno y quiero recordarle al Número Tres y a todos vosotros que he envejecido y no sería capaz de volver a hacer lo que hice de joven.

Contesté:

—Haced lo que debáis hacer, Número Uno. Sin sufrimiento *p'a puvaridda,* para la pobrecilla.

Número Uno:

—Prometido, sin hacerla sufrir, *'nsamai* es necesario. —Después de una pausa repitió—: *'Nsamai* es necesario. ¿Todos de acuerdo?

Y el Número Uno dio un golpe con la mano sobre la mesa.

Un instante después, resonaron también los golpes sobre la mesa de las otras manos. Incluida la mía. El cuarto retronó.

Volví a la villa con mis hermanos, tomando la Via Breve. No dije una sola palabra, ni ellos tampoco. No había nada de decir. Gaetano estaba pensativo; daba volantazos en las curvas cerradas como si las recorriera por primera vez. Cuando bajé, Giacomo me dio una palmada en el hombro.

*Fui derecho a tu alcoba, Anna. Era como si te hubiera traicionado. Pero no tenía elección. Ya no.*

*La noche, mientras dormías, me daba puñetazos en la cabeza.*

# 6
# Tres hijos
*Sábado, 19 de mayo, por la noche*
(Mara)

Estaba deshaciendo la maleta. Unos golpes insistentes y la puerta se abrió. La cena estaba lista, me anunció Giulia. Pero no se iba, permanecía en el umbral.

Empezó por decirme que Pasquale debía estar al corriente del desarrollo de la investigación sobre la desalinización del agua marina: antiguo profesor de química, aspiraba a convertirse en consultor de *Slow Food* y debía actualizar a diario su blog, que tenía muchos seguidores. No hice ningún comentario. En ese momento, Giulia se me acercó, quería saber de qué habíamos estado hablando Bede y yo. Me concedí la maldad del silencio; sacaba la ropa interior de la maleta despacio y la colocaba con meticulosidad en los cajones: las medias a un lado, las braguitas junto a los sujetadores, las blusas, en cambio, sobre la balda. Lentamente y con los ojos bajos, como si se avergonzara, Giulia empezó a explicarme que permanecer en Pedrara suponía un gran sacrificio para Pasquale y un obstáculo para sus perspectivas de trabajo, aunque él lo hacía con gusto para ayudarla a ella y a su madre en la búsqueda.

Me enderecé y la miré a los ojos.

—Sacrificio, búsqueda..., pero ¿de qué me estás hablando?

—Ah, ya, que tú vives en Milán. Se te ha olvidado. —Esta vez la mirada de Giulia estaba clavada en mí (el reproche rencoroso de los hermanos) y daba en el blanco. Me sentí incómoda; hubiera debido abrazarla, consolarla, pero me sentía incapaz. Giulia estaba convencida de que la tía no se había venido a Pedrara para que Bede la cuidara, ni tampoco para ahorrar. Había venido para buscar el tesoro de la familia: las joyas de la abuela Mara—. ¡Tu homónima, la adúltera a la que tanto debemos todos!

—No veo por qué razón has de enfangar la memoria de la abuela Mara... —empecé a decir, pero me arrepentí enseguida.

—Es verdad, *esa* Mara Carpinteri no apareció nunca en los periódicos. —Y Giulia no añadió nada más.

Había salido en todas las revistas, a mis dieciocho años. Tuve una aventura con un conocido periodista cuarentón, que estaba a punto de casarse con la hija del presidente del equipo de fútbol campeón de Italia. Y una mañana, en un hotel, al abrir la puerta de la habitación para retirar la bandeja del desayuno fui *cazada* por un fotógrafo.

Sin decir nada, acabé de colocar la ropa en el armario.

La tía sabía que tenía un principio de Alzheimer, me recordó Giulia, y había dejado Roma para buscar el escondrijo de las joyas antes de que la demencia se lo impidiera.

—¡Es un auténtico tesoro! Lo que pretendía era venderlas para pagarse las curas y repartir luego el resto entre nosotros tres! —Giulia se volvió casi afectuosa—: Pues eso, que contigo y con Luigi podríamos emprender una búsqueda más sistemática, a fondo. Una vez halladas las joyas, nos llevaremos a la tía de vuelta a Roma.

La presencia de Bede y de sus sobrinas le había hecho imposible abrir un solo cajón en el dormitorio de la tía.

En compensación, Pasquale y ella habían puesto patas arriba la planta de abajo con la excusa de montar un taller de escultura y de cerámica en el comedor y en la antecocina.

—No hemos encontrado nada —dijo, triste. Casi me daba pena: hacía diez años que Pasquale vivía a su costa como una sanguijuela; ella lo mantenía y pagaba lo que llamaba sus viajes de estudio —incluidos los gastos del hijo, cuando lo acompañaba— con sus ganancias como fisioterapeuta.

Giulia se había recobrado:

—¡Mamá no quería dejar Roma! Se vio obligada a causa de las estrecheces. Ir a morir justo donde murió su hermana debe de ser desgarrador.

Y dicho eso se fue.

Me quedé allí de pie, con los brazos desconsolados pegados a las caderas. Me crecía por dentro una rabia sorda contra Giulia. *Su hermana.* Así llamaba ella a nuestra madre. La había borrado de la memoria y de su vida como otros muchos acontecimientos, personas, hechos, para vivir como una ilusa. Mamá en Pedrara, mamá de pelo tan claro como el de Giulia. Mamá sometida a los caprichos de nuestro padre, y por la noche, en su cuarto, consolándose con un vasito de *crème de menthe.* Mamá apoyada en los cojines de terciopelo contándonos historias, mamá en la veranda ofreciéndonos albaricoques recién cogidos. Mamá en nuestro cuarto de juegos dibujando con nosotros, Giulia entre sus brazos, yo sentada a la mesita. Aquel recuerdo, en particular, había permanecido indeleble en mí: un día ventoso, un haz de luz que caía sobre el cristal rojo de la ventana a través de las hojas de las palmeras sacudidas por el viento. Era un juego de sombras. Iban y venían, formando dibujos sobre el papel, sobre nuestros delantalitos y sobre la alfombra. Con sus bracitos redondos, Giulia intentaba perseguirlas y agarrarlas. Mamá se reía y yo era feliz.

Había muerto en Pedrara por un accidente banal, casi ridículo: el pie se le enganchó entre el catre y el borde de la cama y ella se había caído sin tener tiempo ni reflejos de parar el golpe con las manos, la cabeza había absorbido toda la violencia del choque. Mientras se la llevaban al hospital, nosotras, las niñas, nos quedamos en casa, confiadas al personal de servicio. Todos se afanaban en mantenernos ocupadas, en procurar distraernos. Nos dieron papel y lápices: no teníamos ganas de dibujar, y el papel se quedó en blanco. Nos ofrecieron pan, miel, galletas: apenas los mordisqueábamos. Luego nos llevaron al jardín. Giulia y yo, inclinadas sobre el borde de la fuente redonda, esa con el fondo ajedrezado en blanco y negro, mármol y lava, con una ninfa de pies-surtidor en el centro. Tirábamos dentro todo lo que encontrábamos, hojas, ramitas, flores marchitas, plumas de aves y piedrecitas. Nadie nos decía nada. Sumergíamos las manos en el agua y la removíamos, recogíamos hojas muertas y los insectos de largas patas que rozaban la superficie. Nadie nos ordenaba que dejáramos de hacerlo. Hasta podíamos chuparnos los dedos mojados y tirar piedrecitas a los peces rojos y dorados. Luego, en la espera, empezamos a hacer barquitos de papel, muchos; convergían uno a uno, o en una pequeña flotilla, hacia el surtidor central y se hundían. Todos. Los empujábamos por el agua y Giulia murmuraba, con cada uno: «Para mi mamá». Yo sentía un nudo en la garganta;

había perdido la voz y los empujaba chasqueando los dedos. Ahora Giulia sostiene que lo ha olvidado, o lo olvida afirmándolo.

Después, el silencio de los adultos. Los pasos de nuestro padre sobre la grava del paseo. Solo. Recuerdo los crujidos de los guijarros, avanzaba con pesadez, con el rostro térreo. Los presentimientos. Venía hacia nosotros. Por detrás, más lejos, otras personas. Papá se detiene y abraza a Bede el primero. Y luego llora sobre nuestros delantalitos.

Vuelvo a vernos a los tres como en una fotografía en blanco y negro, y como si yo no tuviera nada que ver con esa niña alta de los cabellos encrespados, desolada.

La terraza que hay delante de la antecocina, separada de la terraza principal por una verja con el mismo motivo ornamental de la cancela, había sido transformada en sala de estar-*atelier* por Pasquale: sus esculturas de madera y las obras de creta estaban expuestas a lo largo de la reja, de la que pendían, colgados de ganchos de plástico colorado, ramitos de orégano, laurel y romero fresco. En una esquina, la tinaja en la que en otros tiempos se conservaban las aceitunas en salmuera estaba llena de arcilla fresca, que había que mantener húmeda y trabajar para que no se endureciera, una de las tareas diarias de Giulia, me explicó él.

Pasquale había puesto la mesa en la antecocina y se excusó por la sencilla hospitalidad.

—Hoy ha sido un día de grandes emociones: doña Anna se ha librado de una muerte casi cierta —dijo, y me llenó el plato.

Había preparado *risotto* a las hierbas, estofado de conejo —cazado por él mismo en el bosquecillo— y ciruelas del jardín, acompañados por agua del manantial que desembocaba en la cisterna que hay debajo de la torre y por un vinillo espumoso comprado en Pezzino. Como un restaurador, enumeraba los ingredientes de cada plato e ilustraba su preparación hasta en sus mínimos detalles; luego se felicitaba él mismo antes de que pudiéramos probarlos. Según decía, hasta las ciruelas eran especialmente buenas porque, en vez de lavarlas sumergiéndolas en el fregadero, las había rociado con agua de manantial y luego las había puesto a secar sobre una piedra asfáltica:

—El metal del escurridor habría alterado su gusto, y también el plástico en realidad —explicó desolado.

Una cena excelente, con una atmósfera tensa. Cada vez que abría la boca, Pasquale buscaba con un guiño de los ojos el asentimiento de Giulia, que en cambio habló poquísimo y siempre contestándole a él. Para compensar, se afanaba en cambiar los platos, llenar los vasos, servir la comida.

Esperábamos la llamada de Luigi desde el aeropuerto, que no acababa de llegar. Intentamos telefonearlo nosotros, pero su móvil estaba apagado. Bostezando, Pasquale soltó un larga perorata sobre el cansancio que sentía: se levantaba de madrugada para hacer gimnasia en el mirador, donde la fuentecilla de la pila morisca le servía de ducha, luego iba a coger de la cisterna el primero de los tres *bummuli,* botijos de agua fresca de la jornada para su hidroterapia —todas las mañanas se lavaba las tripas con un litro y medio de agua antes del café y luego se bebía otros cuatro y medio durante la jornada.

—¡Seis litros de agua y cinco piezas de fruta al día sientan mejor que un puñado de vitaminas, y cuestan mucho menos! —exclamó satisfecho. Después de lo cual, con el enésimo bostezo y un «con permiso», nos comunicó que se retiraba a descansar. Para hacerse perdonar por no haber esperado a Luigi, nos prepararía el desayuno al día siguiente. Giulia le acarició el brazo. Si no me importaba quedarme sola, también ella prefería acostarse.

Estábamos muy unidos, Luigi y yo. Siendo diez años mayor que él, yo lo protegía en las discusiones con Giulia, celosa por haber perdido su posición de hija menor, y lo defendía de los reproches de la tía, que negaba a su propio hijo la dulzura que derrochaba conmigo y con Giulia. «Tengo miedo de consentirlo y de hacer que crezca tan egoísta como su padre», me explicaba cuando le preguntaba por qué era siempre tan severa con él. Miedo de consentirlo, pobre Luigi. Pensándolo bien ahora, con la distancia, habían sido muchas las formas con las que había procurado traducir su exigencia de cuidados, de atención. Cuando murió nuestro padre, Luigi, a los seis años, fue inscrito en el colegio alemán; dos años después lo enviaron a un internado en Suiza, de allí pasó a la Universidad de Lieja y más tarde siguió la carrera de nuestro padre en la diplomacia. Siempre respetuoso y obediente, sólo un par de veces nos dio algún quebradero de cabeza, y siempre por amor. La primera cuando, durante el máster en la Universidad de Bolonia, dejó embarazada a una compañera de estudios, Ada, que era hija de un rico empresario de Trento; ambas familias eran religiosas y los dos se casaron. La segunda, cuando se enamoró de Natascia, la bellísima *au pair* de un colega, y pidió el divorcio para casarse con ella. La tía, trastornada, montó la de San Quintín, pero todo fue en vano: y Ada se volvió a Trento con Thomas, su hijo de doce años. Mi hermano era un hombre poco ambicioso, sin imaginación y pávido; un fiel servidor del Estado, que en su vida privada rehuía las responsabilidades. Pero yo le quería mucho.

Había mucha humedad. Estaba en el balcón, envuelta en el echarpe de cachemira de dibujos verdes que había encontrado bien doblado sobre mi cama; a su conocimiento de las reglas de la hospitalidad, Bede añadía un toque personal de buen gusto: aquellos tonos de verde armonizaban perfectamente con mi cutis y mis cabellos cobrizos. Aguardaba en la oscuridad la llegada de Luigi. En la lejanía, sobre el altozano, se oían los ladridos de los perros, toma y daca. Tan sólo entonces me di cuenta de que, desde que murió nuestro padre, en Pedrara no había vuelto a haber perros, ni tampoco guardas. Creí reconocer, en medio de aquel reenvío y cruce de ladridos, también el grito de un zorro. Luego todos callaron. El generador de electricidad, en vez de zumbar, rezongaba como un motor fatigado. En el sonoro silencio de la campiña, yo miraba fascinada la pared de roca que con la oscuridad parecía más cercana: las zonas negras quedaban interrumpidas por lucecitas intermitentes parecidas a luciérnagas, pero de colores diversos. Quise imaginarme que eran ojos de animales salvajes. La voz de Luigi me devolvió a la realidad, había entrado en casa y estaba pagando al chófer. No lo había oído llegar. Mientras bajaba a su encuentro, deprisa, me asomé al cuarto de la tía: estaba sola y dormida.

Luigi quiso ver de inmediato a su madre. Pasó junto a Bede, tumbado en la cama individual a los pies de la de matrimonio con la sábana tapándole el rostro —un mosquito zumbaba sobre su cabeza—, y rozó con un beso la frente de tía Anna, sin despertarla. Nos fuimos de puntillas, tal como habíamos entrado.

—¿No me habías dicho que Bede había salido? —me dijo en cuanto estuvimos en el pasillo—. Es embarazoso entrar y verlo en la cama.

—No estaba cuando he pasado por aquí mientras bajaba, hace un instante. Habrá venido después que tú.

—Entonces es que ha llegado hace poco. ¿Se habrá tapado con la sábana para que no lo viéramos? Bah... Qué raro, no le hemos oído volver...

Y Luigi, perplejo, se pasó los dedos por los cabellos, empujando hacia atrás el mechón que le caía sobre la frente.

Fuimos al despacho, el cuarto donde, cuando era pequeño, nos refugiábamos para hablar y hojear los libros ilustrados de nuestro padre. Concebido como un *boudoir* al estilo mameluco, estaba decorado con muebles taraceados de madreperla, sofás blandos y profundos y librerías de obra, interrumpidas por ménsulas de madera más oscura sobre las que se exponían distintos objetos adquiridos por nuestro padre en el curso de los años: ánforas, cuencos, jarras de latón trabajado, lámparas caladas, objetos de *cloisonné*, candelabros de bronce y vasitos de opalina. Limpísimo y bien cuidado, se había conservado tal cual. Me recordaba los años felices en Egipto.

Luigi decía que Thomas le tenía muy preocupado: tendía a la depresión, y al mismo tiempo a imprevisibles arranques, Ada lo había llevado a un psiquiatra que le había prescrito psicofármacos. Desde hacía dos años, Thomas había vuelto a vivir a Bruselas, con él, para sacarse el *baccalauréat;* no se llevaba bien con su madre ni tampoco con Natascia, por más que esta —Luigi se apresuró a decírmelo— hiciera de todo para dar a entender a Thomas que era bien aceptado por ella. El chico no tenía novias, parecía poco interesado en las mujeres.

—Lo siento —murmuró Luigi, y miró a su alrededor; el despacho, lleno de grandes cojines cuadrados de terciopelo y brocado decorados con cintas, pasamanería, bordes de filigrana y borlas, tenía un no sé qué de voluptuoso y blando.

—Es el gusto de papá, ¿verdad?

Asentí.

—¿Sabes por qué sus hermanos no se casaron?

No lo sabía, pero contesté que, de todas formas, si los tíos no hubieran muerto en la guerra, todavía jóvenes, probablemente se habrían casado. Luigi murmuró como si hablara consigo mismo:

—Quién sabe, quizás haya una veta de homosexualidad en nuestra familia.

Me miró consternado, pidiendo confirmación. Nuestro padre, a quien recordaba muy bien, era un hombre que amaba la vida; se divertía sorprendiendo a los demás con sus extravagancias, con los vestidos orientales que se ponía en casa y con las pipas de agua.

—Habrá fumado porros, seguro, recuerdo que guardaba en casa una planta de marihuana, y no desdeñaba amistades particulares; pero en el fondo era un conformista. ¡No olvides que cuando murió era embajador en la Santa Sede, y que tuvo nada menos que dos mujeres y tres hijos!

—Ya —contestó Luigi, e hizo ademán de llevarse la mano al pelo, pero se detuvo. Tal vez tuviera razón Natascia: sostenía que Thomas era perfectamente normal, lo demostraba el hecho de que cuando ella se ponía minifaldas y cruzaba las piernas le echaba unas miradas que la hacían enrojecer.

—¿Y ella cómo reacciona?

La respuesta de Luigi, «Se pone pantalones cuando él está con nosotros», no me enterneció.

—Ajustados, me imagino.

Luigi no captó la malicia de mis palabras:

—Tiene muchos pantalones, anchos, estrechos, ajustados en el tobillo... —Y cambió de tono. Habría podido vivir bien con su sueldo de primer secretario de embajada, de no ser por la pensión alimenticia que debía pagar a Ada y los gastos de su nueva mujer, que él definía de *high maintenance.* A diferencia de su primer, insípido matrimonio, el amor de Natascia, cálido e intenso, le apagaba plenamente. Pero ella no quería trabajar ni estudiar. Su ambición era ser una esposa y nada más—. Y sin duda lo es, sublime desde mi punto de vista. Pero a un alto precio: viajes, amistades con gente mucho más rica que nosotros y por lo tanto costosas, guardarropa a la última moda, inyecciones de botox, pequeñas operaciones... —Y Luigi se detuvo: había notado mis pómulos estirados. Luego prosiguió—: Tengo tres pesadillas: ser traicionado, morir pobre y tener un hijo homosexual.

Luigi habría seguido hablando hasta tarde, pero yo me había cansado de escucharlo y sugerí que nos fuéramos a dormir. Lo acompañé a su cuarto. De las paredes colgaban todavía un gran póster de Mickey Mouse y una secuencia de fotografías de los primeros trenes del ferrocarril

Siracusa-Ragusa: se veían los convoyes salir del túnel de Pantalica, correr, coronados por copos de humo blanco que destacaban contra el fondo de la roca gris, sobre los raíles flanqueados por paredes cortadas a pico, pasar por los puentes sobre el Anapo. Faltaba una bolsa, Luigi se la había dejado olvidada en la entrada. Me ofrecí a ir a recogerla mientras él deshacía la maleta y en el vestíbulo advertí una rendija de luz bajo la puerta del comedor. Luego unos ruidos. Giulia y Pasquale estaban despiertos. Me acerqué. «¡Ponte sobre la baldosa de Giulia!» Me detuve. ¿Con quién hablaba Pasquale? «¡Ponte sobre la baldosa de Giulia!», repitió. Era una orden. Oí algo que se arrastraba sobre el suelo, un jadeo. Y luego golpes rítmicos y repetidos. «¡Quédate quieta!»

Luigi estaba en el baño. Cuando volvió al dormitorio, en pijama y descalzo, retiré la sábana y la colcha de piqué para dejar que entrara en la cama, tal como hacía de pequeño. Él introdujo los pies bajo la sábana y se tumbó. Esperaba a que lo tapara. Le doblé la sábana y la estiré alisando el embozo bordado. Una caricia en la mejilla, y me incliné para darle un beso de buenas noches en la frente. Exactamente igual que cuando éramos niños.

No conseguía quedarme dormida. Aquellos golpes en el comedor me seguían resonando dentro. Giulia y Pasquale. Era algo que nunca me habría esperado. Me levanté, bajé de puntillas y regresé ante la puerta. Me agaché para mirar por la cerradura, pero todo estaba a oscuras. Escuché, con la oreja contra la madera. Silencio. Regresé a mi cuarto y me acerqué a la ventana: a través de los listones de las persianas escruté en la oscuridad, luego volví a la cama. Me parecía estar a punto de conciliar el sueño, pero no acababa de conseguirlo. Estaba inquieta. Pensaba en los negros que caminaban en fila por las paredes de la cantera y en las extrañas luces que temblaban aquí y allá sobre la roca mientras esperaba a mi hermano. Y luego, de nuevo, aquellos golpes. Giulia y Pasquale. En el duermevela afloraba el recuerdo borroso de la muerte de mi madre y el abrazo de mi padre ante la fuente con los peces rojos, con una mujer... No, me equivoco, no era una mujer, era Bede.

Pero ¿quién era, en realidad, mi padre?

# 7
# Las vicisitudes de Pasquale
*Domingo, 20 de mayo, a la hora del desayuno*
(Mara)

Me había despertado pronto, después de un sueño pesado pero sin reposo. Era como si las preocupaciones de la noche anterior se hubieran aprovechado de mi descanso nocturno para revigorizarse, crueles. Tía Anna, fuente de constante cariño incondicionado, estaba a punto de morir. O tal vez no, como sostenía Bede, pero, en cualquier caso, yo quería estar con ella.

La puerta de su cuarto estaba cerrada; no me atrevía a llamar. Enfrente, el pasillo se ensanchaba en un mirador que daba al jardín. En el centro, una mesita oriental —patas de madera calada, tablero de latón repujado y jarroncito de jazmines frescos— con dos butaquitas acolchadas; me detuve a admirar la tapicería, escogida por la tía Anna: a juego con el papel pintado, retomaba las tonalidades de los cristales coloreados de las ventanas.

La puerta, entretanto, se había abierto y de ella salió, cargada de ropa de cama para lavar, una mujeruca esmirriada de aspecto algo trastornado: era Nora, la melliza de Pina. Apoyada en las almohadas con las fundas recién lavadas, la tía acababa de asearse. Olía a agua de colonia y me acogió con una bonita sonrisa. Sujetándome con fuerza la mano, farfullaba: «Pero-mara vi-o, vi, bi, vi, vio», y su mirada se volvía vaga, luego molesta, luego lastimosa. Consciente de no poder comunicarse con palabras, preguntaba por Viola con los ojos. La había adorado desde su nacimiento. Le hablaba de ella, exagerando las cosas bonitas y extrayéndolas del pasado —había ido a la Scala con un precioso vestido de Fortuny y había sido muy admirada, había ganado sus buenos dineritos cosiendo muñecas de trapo decoradas con botones y vendiéndolas en la Feria de Senigallia, en el barrio milanés de los Navigli—, y la tía sonreía, más tranquila. Mientras tanto, habían vuelto las mellizas: sus rasgos eran distintos, pero su voz y gestualidad eran idénticas; habían traído la cesta de la ropa de cama limpia y se afanaban por colocarla en los cajones. La tía se había distraído y las miraba. Luego levantó la mano hacia ellas y volvió a mirarme a mí. Habló rápidamente:

—Sobrinas de Bede, buenas chicas... —Pero exhausta de inmediato, se dejó caer en los almohadones y cerró los ojos. Nora se había acercado, alerta:

—Está cansada...

Me quedé hablando con las dos mujeres. Se decía que un uso desmañado del fórceps durante el parto las había vuelto «retrasadas». La tía les había cogido cariño y las describía como unas simplonas que compensaban su estupidez con bondad y diligencia. Amadísimas en la familia y muy unidas a Bede, le eran de gran ayuda para atender la villa. Yo quería comprender quién se ocupaba de la tía: ¿ellas o Bede? A Pina y a Nora les gustaba charlar conmigo y contestaban juntas, a menudo una concluía el razonamiento de la otra. Me explicaron que Bede no les permitía preparar las comidas de la tía: se las preparaba él mismo en su cocina, la de la casita del guarda, y ellas se limitaban a servírselas, cuando él no podía.

—Doña Anna no está nunca sola —dijo Nora orgullosa.

Si Bede tenía *«chiffari de fuori»*, asuntos fuera de casa, una de ellas dormía en la habitación de la tía, pero se trataba de excepciones: las noches eran cosa de Bede.

—Aunque también está de día —puntualizó Pina.

—Cuando puede —añadió Nora. Y luego—: A él le gusta mucho cuidar a doña Anna.

La otra no quiso ser menos:

—También a nosotros nos gusta. No molesta casi nada, y es tranquila, como un *armaluzzo*, un animalito. —Su expresión se abrió en una sonrisa dulce.

—De vez en cuando, sin embargo, *si siddia*, se enfada, y a nosotros ya no nos quiere, ¡sólo lo quiere a él! —intervino nuevamente Nora abriendo mucho los ojos, y comentó—: Es como un hijo para ella.

Me contaron que Bede había preparado un cuarto para ellas en su casa: en él dormían en caso de necesidad y guardaban allí vestidos de recambio y una muda de ropa interior.

—Es muy bueno, el tío Bede —dijo Nora.

—Bueno de verdad —le hizo eco Pina de inmediato, y ambas meneaban la cabeza en señal de asentimiento, mirándose a los ojos.

Un pequeño ataque de tos. La tía nos estaba escuchando, con los ojos abiertos.

—Qué bueno es, Be-Be-Bede... —Luego levantó la cabeza—: ¡... es bue-buenííí-simo! —concluyó triunfante. Y se dejó caer de nuevo sobre el almohadón.

Giulia y Pasquale tenían ya preparado el desayuno en el mirador que daba al jardín, como durante las vacaciones veraniegas con nuestro padre: grandes y pequeños comíamos juntos por la mañana y a mediodía en la mesa redonda que se extendía añadiéndole una pieza, hasta albergar a catorce comensales. Octogonal y construido en madera con paneles de cristal policromo, el mirador estaba separado del comedor por una puerta corredera. Desde el techo en punta, también de cristal y con una linterna central, partían ocho paneles trapezoidales que se elevaban abriéndose como pétalos; en verano se mantenían abiertos para que entrara el aire y permitir que los nuevos vástagos de los jazmines que se encaramaban por las columnas de carga se deslizaran en el interior, y dejaran llover desde lo alto lentas caricias de perfume.

Un mantel de cáñamo celeste, mal planchado y con manchas desvaídas, cubría la mesa. En el centro, un cestillo con servilletas de papel y cubiertos y tres bandejas. Una con zumo de naranja, limonada, agua fresca y vasos de plástico; otro con el termo de agua muy caliente para el té y varias tazas; un tercero con platitos a granel, rebanadas de pan, margarina, tarritos de miel y mermeladas. Pasquale estaba en la cocina liado con el café.

Giulia, que vestía blusa y pantalones blancos, se había lavado el pelo; parecía serena y se mostró muy cariñosa con Luigi. Pensé que había oído mal la noche anterior: tal vez lo suyo fuera un simple juego. Giulia contaba que, desde que estaban allí, Pasquale había encontrado inesperadas fuentes de inspiración para sus obras artísticas y le enseñó a Luigi un plato de cerámica, una especie de gran concha de caracol a lo largo de cuya espiral habían sido colocadas artísticamente unas ciruelas. Luigi asentía —«La villa y el jardín de Pedrara tienen algo único»— y aludió a nuestra larga conversación de la noche anterior, en el balcón y más tarde en el despacho. A Giulia se le ensombreció el gesto.

Parecía concentrarse en un pensamiento, pero en realidad se preparaba para lanzarme un reproche:

—¡¿Por qué no me llamaste?! ¡Yo todavía estaba despierta!

Pasquale acababa de entrar con el café y yo no dije nada. No me parecía oportuno cambiar de conversación y hablar sobre la salud de tía Anna, y menos aún cuando Giulia empezó a describirle a Luigi en términos aún más desastrosos que el día anterior los líos en los que se había metido la tía. De las rentas de Pedrara a nosotros nos llegaban tan sólo migajas: estaba claro que los Lo Mondo se aprovechaban a base de bien, ocultándonos las entradas. Bede se había camelado a la tía y hacía lo que le venía en gana, como si fuera el amo. Los hermanos vivían en chalecitos, con sus correspondientes jardines, no lejos del bosque de San Pietro, y conducían Land Rovers. Eran sus esbirros: Gaetano, el mayor, se ocupaba de los invernaderos y de los campos en general, mientras que el segundo, Giacomo, iba y venía, deambulando por la propiedad sin un papel específico. Sus hijas Pina y Nora, dos simplonas algo memas, eran una presencia constante en la casa.

—No nos respetan. No nos traen nada de los campos ni de la huerta, ni siquiera un ramito de perejil, un puñado de *mennulicchie*, de almendras, o un cestito de fresas de los invernaderos levantados por nuestro padre...

Giulia tenía el convencimiento de que los Lo Mondo intentaban atemorizarlos para obligarlos a ella y a Pasquale a marcharse. En los senderos por los que Pasquale acostumbraba pasear aparecían manojos de zarzas o grandes piedras, cuando no se abrían de repente agujeros insidiosos. Sólo dos días antes se había librado de milagro:

de la colina había caído una roca que hubiera podido matarlo.

—Los Lo Mondo no nos quieren —concluyó Giulia, y buscó la aprobación de Pasquale, que asintió con el cráneo afeitado—. Nosotros dos nos quedaremos aquí hasta el final —añadió con bravuconería, y continuó—: Yo soy la que ha estado más próxima a mamá, y durante el último año, cuando se hablaba de nuestras estrecheces, ella me repitió más de una vez que in extremis podíamos contar con nuestro tesoro: las joyas de la abuela Mara. Pasquale y yo las hemos buscado en el piso de Roma y en la caja de seguridad del banco, pero no las hemos encontrado. Mamá me dijo entonces, y lo repitió varias veces, que había que ir a Pedrara: allí estaban las joyas.

Giulia contaba exasperada que Pasquale y ella habían hecho todo lo posible para buscarlas en la villa, pero que había cajones cerrados con llave, y hombres que de repente entraban a reparar una cerradura, a arreglar los listones de las persianas, a controlar las tomas de la electricidad, justo en el cuarto donde ellos estaban buscando. Además, el propio Bede conducía una persistente e insidiosa campaña contra ellos. La arcilla que Pasquale dejaba por la noche bien tapada sobre el murete enfrente de la cocina venía manipulada y ensuciada con estiércol y paja; la tapadera de la tinaja en la que guardaba la arcilla trabajada solía aparecer en el suelo del paseo de las glicinias o en los parterres. «Será el viento», decía Bede. Las esculturas y las composiciones que dejaban por la noche sobre la mesa, cubiertas por una tela sujeta con piedras, a la mañana siguiente estaban dañadas o hechas trizas. «Culpa de las garduñas y de otros animales salvajes.» Incluso la llegada del horno de leña para las cerámicas, regalo de Giulia por su cumpleaños, parecía ser un problema; lo habían encargado y pagado, pero se había quedado en Catania: la empresa pedía una cifra exorbitante para la entrega a domicilio y la instalación. Estaban a la espera de que Bede encontrara a alguien dispuesto a bajarlo a Pedrara por un precio aceptable: «No he tenido tiempo de resolverlo», decía él cuando lo apremiaban.

Giulia no nos había dado ni a Luigi ni a mí la oportunidad de hablar; él y yo nos habíamos comido todo lo que nos habían puesto en el plato; el suyo, en cambio, seguía lleno. Secundada por Pasquale, ahora estaba despotricando de Bede: tenía ropa muy costosa y un coche descapotable, la casa del guarda parecía ahora salida de una revista de diseño —habían echado un vistazo por las ventanas— y Pina y Nora llevaban joyas de valor aunque, para engatusar a los Carpinteri, ¡se ponían vestiditos modestos!

—¡Él le asegura a mamá que los arrendatarios de los invernaderos no habían pagado lo que debían, en cambio nosotros estamos convencidos de que se lo queda todo para él y sus parientes! Ahora que estamos los tres juntos debemos decidir qué vamos a hacer —dijo Giulia para concluir su arenga.

En aquel momento Luigi escudriñó a Pasquale, que estaba a punto de hincarle el diente a una rebanada de pan, mantequilla y miel. Era un mirada grave, inequívoca. Sin alterarse, Pasquale aceptó la invitación y propuso dejarnos solos:

—Son cosas vuestras y no me conciernen. —Hablaba masticando, y siguió masticando sin apartar la mirada de Luigi.

No la apartó hasta que oyó decir:

—Haces bien, gracias.

—Dejadlo todo tranquilamente en la mesa, ya me encargo yo, después... —dijo Pasquale, tras un momento de incertidumbre. Y se marchó.

Estábamos los tres.

—Hay misterios antiguos —comenzó Giulia—, y muchas preguntas sin respuesta.

¿Cómo habían logrado los abuelos construir aquella villa en una cantera perdida a la que se accedía a través de una pista tortuosa, empinada y peligrosa, que no podían recorrer los carros ni los vehículos civiles de la época? ¿Cómo habían conseguido transportar hasta allí piezas de carpintería, cristales emplomados, tejas, ornamentos, barandillas de hierro forjado, los sanitarios de los baños, el generador para la electricidad, la nevera, la cocina económica, las fuentes, los muebles y la *boiserie*? ¿Y por qué habían construido la villa? Se decía que era un regalo del marqués del Guardo a la abuela Mara, su amante. Pero él vivía en Lentini, desde donde Pedrara era prácticamente inaccesible: ¿por qué habría de construirle una villa justo allí y no en cualquier otra propiedad de la familia, más cercana a carreteras transitables? ¿O sería el pago de una deuda, moral o material, del marqués en relación con el abuelo? ¿Cómo es que habían escondido las joyas en Pedrara y no en Roma? ¿Y por qué motivo la tía, al quedarse viuda, había delegado todo en Bede?

Sobre él, Giulia tenía mucho que contarnos. Desde que estaban en Pedrara, Bede había dejado definitivamente de pasarle a mamá el alquiler de los invernaderos: pagaba las cuentas él mismo, impartía órdenes a Nora y Pina con aires de ser el amo y discutía sobre la salud de su madre con el doctor Gurriero, como si fuera un hijo.

—Se niega incluso a darme dinero para la compra: me ha dicho que prepare una lista ¡y que ya se encarga él!

—¡Que impertinencia! ¡Esta es nuestra casa! ¿Y tú qué le has dicho?

Luigi había escuchado en silencio e iba exacerbándose contra Bede.

—He intentado darle yo las órdenes, pero no las acepta: «Doña Anna prefiere que se haga así».

Giulia se sentía desautorizada. Cuando ella y Pasquale se topaban con campesinos y obreros, estos no se dignaban siquiera a saludarlos: «Pasan a nuestro lado como si no existiéramos». Le había pedido a Bede que les dejara visitar los invernaderos y él le había dicho que no, con la excusa de que estaban alquilados a terceros. Luego había esquivado cualquier clase de pregunta sobre el asunto y les había sugerido que se dirigieran al notario Pulvirenti. Sin embargo, había admitido haber recibido en comodato de la tía la casa del guarda y sostenía que se ganaba la vida con sus ganancias como calígrafo, intérprete de árabe y organizador de congresos. «Pero desde que estamos aquí no me ha dado la impresión de estar muy atareado, ¡se pasa todo el rato con mamá!» Giulia tomó aliento: Pasquale había encontrado en un cajón del comedor una carta del notario Pulvirenti en la que se hacía alusión a un comodato en favor de Bede de la hacienda entera, no sólo de la casa del guarda.

—¡He ahí la verdadera fuente de su poder!

—Las cosas no son exactamente así —dije—. Bede nos ha ayudado a administrar los campos en una realidad compleja: ¿tengo que recordaros la presencia mafiosa de la Stidda y la delicada maraña de relaciones para asegurar un equilibrio insostenible en caso contrario? Gracias a él, no sólo la tía sino también nosotros mismos hemos vivido con cierta holgura durante décadas. Eso es lo que siempre me ha dicho la tía. Sabemos bien que con nosotros ha sido generosa siempre, que cuando hemos tenido necesidad de algo, ha acudido en nuestra ayuda. ¡Y sin exigir nada a cambio! —Miré a Giulia—. Y, además, no me gusta que hables de nuestra abuela como de una mantenida, ya te lo tengo dicho.

—La verdad puede ser desagradable, pero eso es lo que era la abuela, si quieres saberlo: una adúltera y una mantenida. Tu homónima. Nosotros estamos convencidos de ello, hemos leído las cartas de amor que se intercambiaron, ella y el marqués del Guardo.

—¿A quién te refieres con ese «nosotros»? ¿A Pasquale y a ti?

—Exacto. Y tú te comportas como una estúpida al negar la realidad.

—Pasquale tiene dotes de observación —intervino Luigi con tono conciliador—, ¿qué dice él de Bede?

Un conocido de Pasquale le había visto en Catania en un hotel frecuentado por cocainómanos y comerciantes árabes.

—La cosa no me sorprende —comentó Giulia—, al fin y al cabo, Bede era el *protégé* de papá, y todos sabemos que nuestro padre estaba metido en historias de cocaína.

Lo dijo con fingido desinterés, como si hablara de una noticia de crónica.

Luigi y yo nos miramos, pálidos. ¿Por qué continuaba Giulia enfangando la reputación de nuestros muertos?

¿Con qué objetivo? No había revelado nada que no supiéramos ya, pero resultaba evidente que descubrir las cartas así era, más que una exigencia de verdad, un deseo de generar conflictos.

Precisamente entonces entró Bede por la puerta ventana. Le había seguido con el rabillo del ojo desde que había reparado en él caminando por el paseo. Llevaba el pelo recogido detrás de las orejas y una camisa de lino hasta las rodillas, de tejido grueso, con pantalones ajustados de color tabaco. Tenía unos andares armoniosos y los hombros muy rectos. Se le habría tomado por un hombre de cuarenta años. Se acercó, y sentí en el aire el aroma fresco de la lavanda inglesa que usaba mi padre. En comparación, nosotros parecíamos unos desgraciados. Nos dijo que se disponía a salir, se había pasado para ofrecernos un tarrito de su mermelada de rosas. Desenroscó la tapa y *sbummicò,* se desparramó el aroma dulzón de los pétalos de rosas cocidos con azúcar.

Luigi se disculpó por haber entrado en el cuarto de mamá mientras él dormía.

—Es un deber y un privilegio ocuparme de doña Anna —contestó Bede—, ella ha hecho mucho por mí. Al igual que vuestro padre.

Luigi aprovechó la ocasión y le preguntó a bocajarro si su madre había firmado un contrato de alquiler o un comodato de los invernaderos y con quién. Bede no pareció sorprendido y, como ya había hecho con Giulia, le sugirió que se dirigiera al notario Pulvirenti, que era quien había redactado todos los documentos en su momento. Luego nos dejó.

—¡Menudo estúpido! ¡Ya has visto cómo ha evitado contestarte! —resopló Giulia.

—Escribiré una carta al notario para exigir una explicación.

Su propuesta fue acogida con una carcajada de mofa.

—¿Es que no eres capaz de hacer una llamada? ¿O es que te da miedo hablar con el notario? ¡Tienes que hablarle, no escribirle! —le increpó Giulia.

Nos vimos interrumpidos por el regreso de Pasquale. Estaba acalorado y visiblemente trastornado. Frenético, nos contó que había ido al invernadero más cercano a pedir un cestito de fresas para el postre. Antes había dado una vuelta alrededor del invernadero sin que lo vieran; dentro había unos obreros. Después se había acercado a la puerta de entrada para pedir lo que quería. Gaetano Lo Mondo estaba allí delante. Le había impedido entrar y conminado de malas maneras a que se fuera: las fresas habían sido vendidas a la planta, pertenecían al comprador, y, además, aún no estaban maduras. ¡Pero él veía las fresas, rojas y maduras, y tan sólo le había pedido un cestito para los Carpinteri, que al fin y al cabo eran los dueños de Pedrara! Gaetano lo había mirado mal y Pasquale le había advertido que referiría lo ocurrido a los tres hermanos, con todo lujo de detalles. «¡Mucho cuidadito con lo que dices!», había sido la respuesta, seca. No era cuestión de insistir, pero Pasquale, antes de irse, le había hecho notar a Gaetano que los Carpinteri no dejarían de sacar sus propias conclusiones. Ante aquellas palabras, contaba, Gaetano no había tenido el valor de responder: temblaba, con los ojos muy abiertos. Tan sólo entonces se había percatado él de los numerosos rostros negros en las paredes de los invernaderos, con la nariz aplastada contra el cristal. Estaban escuchando. Para no quedar del todo a la altura del betún, Gaetano le había gritado: «¡Largo de aquí! ¡De lo contrario las cosas van a acabar mal!».

Giulia declaró que aquel episodio había sido un acto de amor hacia ella y hacia los hermanos; Pasquale se había comportado con gran dignidad. Luigi le dio una palmada en el hombro con un quedo «Gracias», luego quiso que le explicara cómo llegar a aquel invernadero; él iría en persona a pedirle explicaciones a Gaetano.

Yo no hacía más que acordarme de la voz de Pasquale, la noche anterior —¡Ponte sobre la baldosa de Giulia!—, y temía por mi hermana. Mientras tanto, él se había ofrecido a acompañar a Luigi al mirador desde el que se veían los invernaderos. Hacían falta unos prismáticos, y fue por ellos con Giulia: se alejaron abrazados, como dos novios.

Nos quedamos solos. Luigi se había llevado las manos a la cabeza, con los ojos clavados en el suelo.

—Escucha, Mara, Giulia tiene razón —dijo en voz baja—. Debemos rebuscar en cada rincón de la casa y encontrar ese tesoro, joyas, monedas o lo que sea. Pasquale y yo iremos al mirador; mientras tanto, Giulia y tú empezad a buscar en el cuarto de mamá, antes de que Bede se entere de lo que ha ocurrido en el invernadero. —Me miró a los ojos—. Por favor, hagámoslo sin discusiones y sin acritud. El dinero me hace falta de verdad.

Le puse una mano en el brazo y bajé los párpados:

—Prometido.

El dolor era insoportable. Recurrí a la estratagema de siempre: yo era el fotógrafo y los ponía a todos a posar. A través de la imagen fija conseguía crear una apariencia de familia unida. Y mientras Luigi se alejaba, pensaba en la pose que habríamos podido adoptar aquel día, y durante los días que vendrían.

## 8
## La caza del tesoro
*Domingo, 20 de mayo,*
*a última hora de la mañana y en el almuerzo*
(Mara)

El dormitorio grande, decorado al estilo morisco de la villa —grandes espejos dorados, muebles taraceados y cortinajes bordados con punto de cadeneta sobre un dibujo de nuestro padre realizado en un *atelier* de Srinagar—, era la habitación más bonita. En el lado izquierdo había un balcón corrido con sillas y mesitas de arrabio; sobre la pared opuesta se abrían en fila un cuarto de baño con azulejos blancos y negros, un *boudoir* y un amplio guardarropa, cada uno con su propia ventana. A los pies de la cama matrimonial habían colocado la cama donde dormía Bede; por lo demás, el cuarto permanecía intacto, como en tiempos de mi madre.

Me había traído unas camisas que estaban arrugadas y le pedí a Pina que las planchara; de la tía, que dormitaba, ya me encargaba yo. Pina pareció contenta por poder tomarse una pausa y se fue a planchar a casa de Bede. Mientras esperaba a Giulia, me senté junto a la tía: conservaba un rostro hermoso con los rasgos marcados y la piel lisa. Era la mirada lo que traicionaba su malestar: vaga, confundida, asustada en ocasiones, sólo a ratos consciente. Los avances del Alzheimer, todavía en su primer estadio, parecían aguzarse con una infección urinaria que no remitía.

La tía dormitaba. Los leves sonidos de la mañana llegaban atenuados a la habitación. También la luz se posaba blanda sobre las cosas. Giulia y yo empezamos a buscar de abajo hacia arriba, sistemáticamente. Levantamos las alfombras y las esteras, por si acaso tuvieran pegadas debajo una carta o una llave, pero no había nada. En el interior de tres pufs encontramos sedas de bordado, pasamanería con filigrana de oro y de plata, encajes antiguos conservados en cajitas de metal y de piel, en sobres de seda y en cajas de jabón inglés, todavía olorosas a lavanda. Nada de joyas. Sobre una mesita de tres patas taraceada de madreperla estaban apiladas unas cajas: contenían sombreros para el verano, de paja y con flores de seda, y de entretiempo, de fieltro. En otra caja encontramos docenas de plumas de avestruz de todas las gradaciones de azul y de violeta; pero tampoco allí hallamos joya alguna.

Debajo de la cama habían metido un baúl estrecho. Lo sacamos: contenía un ajuar de bebé, rosa. Cada prenda estaba envuelta en papel de seda: faldones, zapatitos, gorritos, calcetines, blusitas, vestiditos, baberitos, peleles y una gran cantidad de mantitas de algodón, piqué, lana, y hasta una de encaje. Me acordaba vagamente de que la tía había tenido un aborto espontáneo antes de Luigi: era una niña. Y ella estaba convencida de que también la segunda vez sería una hembra. En una cajita minúscula, envueltas en guata, alfileritos de oro para los baberos. Luego, en una más grande, una extraña fusta de cuero, muy pequeña, que tal vez perteneciera a una de esas carretitas sicilianas que en otros tiempos se regalaban a los niños.

Pasamos luego al vestidor. De un extremo a otro de las paredes se habían construido armarios de obra de distintas profundidades y tamaños, algunos con puertas de espejo. Uno se transformaba en un auténtico tocador, con un puf para sentarse, *abat-jour,* espejos y, sobre el tablero, un servicio completo de cepillos de plata y tortuga, bandejitas, frasquitos de perfume, con las iniciales de la abuela Mara. Los otros, en cambio, eran armarios de verdad, con cajoneras y zapateros en la parte de abajo y baldas para maletas y cajas en la de arriba. Empezamos por los menos profundos, donde estaba colgada la ropa de diario. Todo había sido perfectamente ordenado; de unos saquitos colgados de la barra provenía un delicioso aroma a lavanda. A un lado se encontraban los vestidos de verano y al otro los de invierno, mientras los cajones contenían ropa interior, camisetas, bufandas, guantes y cinturones. Los vaciamos y examinamos prenda por prenda, con la esperanza de que en su interior se ocultara un saquito o un estuche de alguna clase. Pasábamos las manos por la ropa desde arriba hacia abajo para comprobar si había algo duro, metíamos las manos en los bolsillos y por debajo de las solapas de los trajes de chaqueta. Estaba convencida de que la tía podía haber escondido las joyas en una bolsita de tela, pegada a un dobladillo o a un forro: ya una vez sacó de Egipto unas joyas coptas escondiéndolas en el dobladillo de una capa. Pasamos luego a los zapateros. Vaciamos los zapatos uno a uno. En el fondo, un par de zapatillas de cabritilla beis parecían hinchadas: dentro había unos pequeños envoltorios de papel de seda. Los abrimos palpitantes; había sido precisamente la tía quien nos había contado que de joven metía las joyas en los zapatos y a veces se le olvidaba. Lo que encontramos fueron unos magníficos botones de ébano, latón y baquelita.

De vez en cuando, Giulia y yo nos intercambiamos miradas. ¿Qué estábamos haciendo? ¿Era necesario? Buscaba en ella un apoyo que no me llegaba. Viéndome vacilar, Giulia me incitaba a proseguir. Temía que no fuera lo bastante diligente. ¿O acaso que escondiera algo? Nos encontramos en medio de la habitación. Inmóviles durante un momento, como a la espera del nuevo giro de danza.

La tía nunca me había mostrado el contenido de los armarios más profundos a ambos lados de la ventana. Abrí las puertas y un sutil olor a alcanfor me embistió. Anunciaba cosas conservadas desde hacía tiempo: docenas de vestidos, desde la segunda mitad del siglo XIX hasta los años veinte del siglo siguiente, colgados en perchas con forma; el largo bastón central se empleaba para engancharlos de la barra, muy alta. Había de todo: ropa de paseo, de noche, de matrimonio y de luto junto con los accesorios que la complementaba —capas, parasoles, sombreros, zapatos, bolsos, guantes—, envueltos y bien conservados, colgados de una percha auxiliar. Entre estos, varias prendas de vestir egipcias y marroquíes. Giulia los miraba con indiferencia.

—Voy a buscar en el baño, estas cosas te pegan más a ti —dijo, y era verdad: los vestidos antiguos eran una de mis pasiones.

Sentí una especie de ebriedad que se apoderaba de mí ante el despliegue de capas negras, unas distintas a las otras por tejido y acabado. Las había para el invierno, de lana, con dibujos de estilo oriental, ribeteadas con pasamanería de seda y con remates de seda bordada y cristales negros. Otras eran de noche, de raso guateado con el relleno de algodón y el forro de gasa, de brocado forrado de paño y seda, de terciopelo y encaje. Las esclavinas para el verano eran de seda labrada, con un motivo de ramos de flores en hilo más grueso y brillante, o de brocado de un solo color con remates de seda. La capa más bonita era una de tela batida, con un dibujo discreto y refinadísimo de minúsculos rombos de seda reluciente que parecían diamantes. Las tocaba, dejaba que mis dedos recorrieran la pasamanería, seguía el bordado de los cristales, palpaba los bordes y los cuellos —redondos, con ribetes, con volantes de seda, de plumas de avestruz, de armiño teñido de negro, a la zarina. Metía dos dedos en el bolsillo interior, idéntico en todas las capas, de seda reluciente, negra y rizada, en el que la tía habría podido esconder las joyas; encontré un pañuelo arrugado, una hoja blanca doblada en varios pliegues, un caramelo endurecido, una horquilla y nada más.

Pasé a los vestidos. Los palpaba, tocaba las varillas de ballena de los corpiños, los volantes abultados, las faldas superpuestas. Nada. Las cajas de los zapatos, de cartón o de madera ligera, eran originales también y estaban intactas. Cada zapato conservaba su forma gracias a trozos de papel de seda apelotonados. Los tocaba con las manos temblando, tal era mi emoción. Los zapatos para el invierno, de piel o de terciopelo, estaban rigurosamente revestidos de cabritilla, tan suave como una tela. Los de verano, también forrados, eran de piel ligera, seda o hasta de algodón labrado. Todos eran de tacón: de carrete, como los del siglo XVIII, a columna y de aguja; muchos, sin embargo, eran bajos y cómodos. Los adornos abarcaban desde plumas de cisne, en los zapatos de salón, hasta perlitas y abalorios, pasando por los más comunes bordados y los remates con nudos, cintas y encajes. No había ni rastro de joyas. Para compensar, añadiendo al vestuario familiar piezas antiguas y escogidas con cuidado, la tía había formado una colección realmente valiosa, de *connais-*

*seur.* Hubiera querido mirarlos uno por uno, demorarme en los vestidos orientales para luego comentarlos con ella, pero Pina no tardaría en volver. Giulia, entretanto, había acabado de explorar el baño y me ayudaba a mirar entre los parasoles. Tampoco allí había nada.

—¡Giulia! ¡Giulia, ven! —gritaba Pasquale, desde fuera. Y ella me dejó plantada.

Pasé a inspeccionar el armario más ancho y profundo, con dos puertas tan sólo, grandes como portales. Era una verdadera habitación, con el suelo de parquet: no había cajones ni baldas, ni siquiera barra alguna para colgar los vestidos. Las dos paredes del fondo estaban enteramente recubiertas de espejos: los revisé y me percaté de que uno era una puerta camuflada, apenas reconocible. En medio, destacaba una caja de cartón muy ancha, con la etiqueta del Grand Hôtel de Luxor encima. ¿Estarían las joyas allí dentro, en solitario esplendor? Levanté la caja, parecía vacía. La abrí, pasé la mano por el borde de la tapa: no había nada. ¿Qué hacía allí aquella caja? Al colocarla otra vez en su sitio noté una trampilla, tenía una manilla minúscula de latón y era exactamente del mismo tamaño que la caja: más aún, parecía como si la caja hubiera sido encargada a medida para taparla. Levanté la trampilla, estaba bien engrasada y, por lo tanto, en uso; daba a una escalerilla de caracol. Al fondo había luz. Se trataba, pues, de un pasadizo cuya existencia ignoraba. Después de tanto tiempo.

Bajé y me encontré en un armario parecido al primero, con puertas de cristal emplomado con un motivo de lirio. Estaba en la hospedería. Sobre el panel de la *boiserie* de al lado del armario había un interruptor, lo pulsé. El panel móvil daba a otra escalera, iluminada esta también, aunque débilmente, por una bombilla. Bajaba a un túnel, por debajo de los cimientos de la villa, en la caliza hiblea. Volví a subir al guardarropa de la tía y abrí la puerta de espejo: la escalera continuaba y ascendía por el interior de la muralla de la torre. Evidentemente, se había querido preservar aquel pasadizo antiquísimo incorporándolo a la fábrica moderna. ¿Con qué objetivo?, ¿para qué todos esos pasadizos? Vagos recuerdos me rondaban: mi padre que hablaba de viviendas de la Edad del Bronce más reciente —hace cinco mil años— que se comunicaban a través de pasillos subterráneos y de escaleras excavadas en la roca y que llevaban a las tumbas de las necrópolis. Sentía miedo, y no sabía de qué. Ya no quería seguir buscando el tesoro, tenía un mal presentimiento. «No hay que rendirse nunca.» Sentía el eco de la voz de la tía que me espoleaba cuando pensaba en abandonar los estudios porque no me sentía capaz de descollar tanto como hubiera querido: «Mara, esfuérzate y lo lograrás. Recuerda que lo inverosímil se vuelve posible; y lo posible, certidumbre». Cerré las puertas precipitadamente: Pina había vuelto. Me preguntó si podía ayudar a Bede en su casa, una media hora más. Le di permiso y retomé la tarea. Otro armario estaba lleno de vestidos veraniegos de georgette, muselina y algodón de los años cuarenta en adelante, de rayas, a cuadraditos y con dibujos florales en colores delicados —rosa, lila, azul, beis y verde—, con faldas de tablas o al bies, mangas cortas abombadas o rectas, todas con hombreras rellenas, cuerpos ceñidos abotonados por delante y adornados con cuellos de encaje, piqué y rayadillo. Los vestidos se complementaban con zapatos y sandalias con plataforma.

En el fondo del armario, debajo de las mañanitas de lana y algodón, una caja de cartón plana, con un dibujo escocés verde y rojo, poco habitual y muy vistoso: dentro, una colección de revistas pornográficas francesas de 1950 a 1980, con anuncios de máscaras, fustas y corsés.

Ya no entendía nada. La tía, a la que siempre me había sentido unida por una profunda afinidad, se me revelaba de pronto como una persona compleja e imprevisible, con intereses que nunca habría podido imaginarme. Turbios. Tenía miedo de descubrirlos.

La tía se había despertado; me seguía con los ojos. Fui a sentarme junto a ella llevándome la caja. Y ella se la quedó mirando.

—Perdóname... —murmuró. Y luego—: Es demasiado.

Y se cubrió el rostro con las manos. Se las acaricié.

—No pasa nada, tía, de verdad... —Y ella, muy despacio, volvió a poner las manos sobre la sábana. Nos miramos; tenía las mejillas húmedas, la piel enrojecida. Me pregunté si me entendería.

—¿Te las daba papá?

—Era sensual, tu padre.

Le pregunté si se sentía incómoda a su lado.

—Una se acostumbra, a todo se acostumbra una..., basta con quererlo.

—¿Con querer el qué?

—Un hijo... —Y la tía pareció hundirse en un mundo completamente suyo. Miraba las perlitas de la lámpara, y farfullaba—: Luego..., luego... —Parecía incómoda.

—Tía, ¿y luego qué?

Ella se volvió hacia mí, confusa:

—Luego Bede... Sí, Bede.

—¿Qué hizo Bede?

—Bede no. Eso, sólo tu padre. —Y continuó, mirándome compasiva—: Bede nunca ha hecho daño a una mosca..., Bede es buenísimo.

En aquel momento se oyó a lo lejos un canto lento y melodioso, de varias voces. Era una canción de Mali, la había oído en un teatro de la Rive Gauche en París. Un canto de amor. Luego otra canción, un solo, muy dulce, repleto de sentimiento. Finalmente un coro de nuevo, a lo lejos, *«Love is love, hate is hate, but is hard to separate»*, que poco a poco se iba atenuando, como si se disolviese en la nada.

Aquella música de Mali había dejado en la habitación un no sé qué de mágico. Conmovedor. Luego, como en un melodrama, Giulia y Pasquale entraron en el cuarto muy agitados. Hablaban a la vez, en voz alta. Yo deslicé las revistas debajo de la cama sin que se percataran.

—Esta noche alguien ha intentado forzar la cristalera de la cocina. —Pasquale estaba seguro, había visto las marcas del hierro empleado para desquiciar la puerta. Giulia estaba asustada—. Tía, ya no podemos contar ni con Bede ni, mucho menos, con los demás Lo Mondo. Debemos llamar al notario, él sabrá defendernos de ellos. ¿Estás de acuerdo? —Calló, en espera de una reacción.

En aquel momento volvió a empezar el canto, en la lejanía, *«Love is love, hate is hate»*, y yo levanté la mano:

—¡Escuchad!

No lo oían. Me miraron como si estuviera loca. La tía, en cambio, lo había oído. Canturreaba el motivo: «Mmm... mmm...». Con una luz en los ojos. Pasquale y Giulia estaban desconcertados.

—Vayamos a la cocina —dijo él. Y desaparecieron tan rápido como habían entrado.

Poco después irrumpió en el cuarto Luigi. Había estado en los invernaderos, por primera vez, y se había quedado turbado: no se esperaba que fueran tan grandes. Ahora pretendía que la madre tomara una decisión drástica respecto a los arrendatarios:

—¡Seguro que ganan un montón de dinero, mamá, y ni siquiera nos pagan el alquiler! ¡Tienes que hablar del asunto con Bede!

La débil voz de la tía repetía el estribillo: «*Love is love...*». Y como él la apremiaba, su expresión se ensombreció y cerró los ojos.

Luigi no se iba. Empezó a quejarse de Ada.

—Vosotras la consideráis una madre devota y perfecta; en realidad, no siente compasión alguna por su hijo. —La había llamado para decirle que se iba y ella le había ordenado que no dejara a Thomas solo con Natascia—. «Es un inútil, mándamelo a Trento.» Eso fue lo que me dijo. Cuando le insistí en que él quería quedarse en Bruselas, que estudiaba y que se había reencontrado con sus viejos compañeros de colegio, su comentario fue: «Nosotros dos hemos creado una nulidad».

La tía suspiró.

—Ah, una nulidad..., *nenti ammiscatu cu nuddu.*

Lanzó una mirada de astucia:

—Nosotros dos. Es estupendo así... —Y parecía buscar algo en la habitación.

Luigi salió, confundido. Por fin a solas, la tía y yo saboreábamos el silencio de la campiña, interrumpido de vez en cuando por los gritos de las aves, el crujido de las hojas del jazmín acariciadas por el viento, el agitarse de la alas de las palomas acuclilladas en las barandillas. El canto de Mali sonaba otra vez. Lo escuchábamos.

—Esos no han amado nunca de verdad —susurró la tía. Tenía los ojos cerrados.

—¿De quién hablas?

—De Giulia y Luigi. —Levantó los párpados y me tendió la mano. Tenía la piel lisa y perfumada—. Tal vez ni siquiera tú, amor mío —suspiró.

Pasquale había preparado otra comida excelente: ensalada de patatas hervidas, tomates frescos y cebollas al horno, todavía tibias; luego, salami y queso. Además, había inventado un sistema, del cual estaba muy satisfecho, para dejar cerrada la vidriera de la cocina y evitar intrusiones nocturnas. Bede entró con una cestita de fresas. Se había cambiado, llevaba un traje de excelente corte de rayadillo blanco y celeste, con una camisa de color tabaco: una combinación atrevida pero lograda. Su expresión ya no era sonriente, sino severa. Se había enterado del enfrentamiento entre Pasquale y su hermano y nos conminó a mantenernos alejados de los invernaderos: la concesión se le había dado a una empresa que empleaba a su hermano Gaetano y a obreros tunecinos, todos con permiso de trabajo en regla. No debíamos entrometernos. Luigi se quejó de no estar al corriente de nada.

—Dirígete a tu madre. Lo que yo os aconsejo, a todos vosotros, es que regreséis a vuestra casa y os marchéis de Pedrara —contestó seco Bede. Y se fue.

Continuamos comiendo en silencio, humillados. Luego, entre un bocado y otro, Pasquale empezó a mascullar: la había tomado con Bede y no tardó en pasar a las expresiones graves, calificándolo de poco de fiar, aprovechado, ni hombre ni mujer. Cuando llegó a desear que él y sus hermanos se fueran de Pedrara, lo interrumpí.

—Escucha —dije, dirigiéndome a Giulia y a Luigi—. Bede cuida de mamá con devoción, y ella lo adora. Sería una catástrofe si él se fuera.

Luigi se calló, resentido. Giulia en cambio me apoyó:

—No podemos sacar a mamá de aquí. Ya no recibe sus rentas y nosotros no tendríamos con qué mantenerla. Es necesario que Bede permanezca aquí. A no ser que se encuentren las joyas o él vuelva a pagarnos el alquiler. ¡No queda otra que seguir buscando, enseguida, después de la comida! —Evitaba mirarme—. ¡Sin perder tiempo en palpar vestidos, mirar zapatos o leer revistas!

Pasquale, sentado como de costumbre junto a ella, le estampó un beso en el cuello. Luego inspiró con fuerza y nos miró a todos:

—Os equivocáis: ella no lo adora en absoluto. Lo teme.

## 9
## El hombre de Mali y las terribles palabras del doctor Gurriero

*Domingo, 20 de mayo, a primera hora de la tarde*

(Mara)

El trabajo de mi padre nos llevaba periódicamente al extranjero; cuando su misión acababa y él debía regresar a Italia vivíamos en Roma, de alquiler. Pero, estuviéramos donde estuviéramos, en verano volvíamos a Pedrara a pasar las vacaciones. Siempre. Él, que tan poca atención prestaba a su familia, me invitaba a acompañarlo en sus paseos y me contaba cosas. La cantera, habitada desde hacía miles de años, gozaba de un terreno muy fértil y de agua abundante; en un remotísimo pasado había sido usada como escondrijo para escapar de los invasores de ultramar y como lugar sagrado de sepelio —las tumbas que contemplaban la villa desde lo alto atestiguaban un misterioso y poderoso deseo de inmortalidad. «Es un lugar de vida y de muerte», decía él, «y por lo tanto, de amor. Ya lo descubrirás cuando crezcas.»

Pedrara era mi único punto de referencia en el mundo y lo siguió siendo hasta la repentina muerte de mi padre, cuando yo tenía dieciséis años. Nos dejó en una situación económica desastrosa: Bede, que era más un miembro de la familia que un amigo, se ofreció a ocuparse de la hacienda y gracias a él nuestro nivel de vida no cambió. Pero a partir de entonces ya no volvimos a Pedrara para las vacaciones de verano. Por lo demás, la alternativa ofrecida por la tía —vacaciones en la playa, lo que significaba vida de pandilla y discotecas— era muy atractiva. Con el paso del tiempo, sin embargo, empecé a echar de menos Pedrara: propuse a la tía, que iba a menudo por negocios, que me dejara acompañarla para pasar allí unas semanas. Ella me dijo que no era oportuno: Pedrara ya no era un lugar de veraneo sino una compañía agrícola muy activa, con arrendatarios. Desde entonces mis visitas habían sido breves, y no todos los años.

Las últimas veinticuatro horas habían sido muy intensas. Como un enjambre de abejas, los recuerdos me habían asaltado y aturdido; quería volver a tomar posesión de Pedrara pronto, antes de que la tía muriera, quería salir y recorrerla a lo largo y a lo ancho, regresar a mis lugares preferidos. Me encaminé hacia la cavidad de una roca, en un claro que se abría en el tupido boscaje entre los límites de los jardines y la pared a pico. Allí solía esconderme a leer, a pensar o, sencillamente, a contemplar el paisaje.

El conjunto de la villa, la torre y los jardines, se apoyaba sobre las terrazas que bajaban desde los pies de la cantera y se ensanchaban en la vaguada. El río que daba el nombre a la cantera desembocaba lejos, hacia el oeste. Su curso subterráneo estaba marcado por densas hileras de adelfas, casi un bosquecillo, que algunos centenares de metros más allá se abría para acoger y luego bordear un antiguo afluente del Pedrara, el Tenulo, un arroyo que bajaba con ímpetu hasta el valle desde otra cantera. En cuanto entraba en su viejo lecho se aplacaba, como un parásito. Sus aguas verdes serpenteaban por el fondo del valle acariciadas por las ramas colgantes de las adelfas.

Miré a mi alrededor, sentía un olor desagradable, como a estercolero. Desde una cercana espesura de adelfas me llegaba una voz quejosa. Me abrí camino hasta un espacio angosto, en el que alguien había levantado un grueso camastro de follaje de adelfa y racimos de flores. También el mantillo estaba cubierto de follaje de adelfa recién cortada. Un joven negro semidesnudo estaba acuclillado justo fuera del camastro, con los tobillos atados y las rodillas dobladas casi hasta tocarse la barbilla, y las muñecas inmovilizadas por detrás de la espalda. Tan sólo los pies se apoyaban en la tierra. Rezongaba en un francés grave, oscuro. Tenía las piernas inmundas de heces frescas, y por la suciedad que había dejado sobre las adelfas comprendí que había rodado fuera del camastro. Me acerqué. Parecía tener miedo de mí, pero cuando le hablé en francés se tranquilizó. Me permitió levantarle la cabeza: en la barbilla y en el pecho tenía costras de vómito. Olía mal: sus piernas estaban embadurnadas de excrementos. El joven tenía rasgos subsaharianos —nariz y frente rectas, rostro rectangular— y un casco de trencitas recogidas detrás con una cinta de abalorios. Le ofrecí mi agua mineral. Dijo que era un clandestino, que había llegado con un barco desde Libia; a la espera de que le enviaran a otra parte, sus compañeros de viaje y él cuidaban de las plantitas, *«dans les serres, avec les panneaux de verre»*, especificó. Durante el día no les dejaban comer y para hacer de vientre debían contenerse y esperar a la noche. *«Le chef est très méchant»*, el jefe era muy malo.

Aquella mañana el jefe se había peleado con un blanco y, sorprendentemente, no había reaccionado a la provocación. Sus compañeros y él habían asistido a la escena y se les había ocurrido aprovecharse de la momentánea debilidad del jefe para que les permitieran ir al baño durante el horario de trabajo: él había sido el elegido para plantear la petición. Pero el jefe había dicho que no y se había plantado delante de la puerta. Él había pasado por delante del jefe tras darle un empujón y había corrido a las letrinas. Allí lo habían alcanzado dos guardianes, negros «como yo», dijo con amargura. Después de pegarle, le habían llevado allí, donde lo habían desnudado, atado y colocado sobre la cama de adelfas. El joven temblaba. Las heridas estaban sucias y bullían de insectos.

Yo me sentía impotente, y a la vez responsable. Bajé la mirada, llena de vergüenza. Sobre el mantillo, no lejos de donde habían arrojado los pantalones y la camiseta del joven, una fila de hormigas arrastraba una pluma de mirlo negra, amarilla y blanca, diez veces más larga que ellas; subían impertérritas sobre los terrones y sobre las hojas de adelfa para mantener la dirección, esquivando cuidadosamente los abalorios de los cabellos del joven, que se le habían caído con los golpes. Lo miré.

—Voy a pedir ayuda. —Su expresión se ensombreció—. Fíate de mí.

Corrí a casa, llamé a Luigi y a Pasquale. Recogimos entre todos servilletas detergentes, desinfectante y dos botellas de agua; luego los conduje a la espesura de adelfas donde yacía el negro. Pero él ya no estaba allí, y sus ropas habían desaparecido.

—¿Estás segura de que este es el sitio? —preguntó Pasquale.

Asentí, abatida.

—Ves cosas que no existen —dijo Luigi, severo.

—Lees demasiadas novelas —concluyó Pasquale.

No contesté. Miraba los abalorios sobre el mantillo húmedo. La pluma amarilla y blanca estaba a punto de desaparecer detrás de un helecho.

Fui derecha a ver a la tía. Estaba apoyada sobre tres almohadones, para facilitarle la respiración, pero no era una posición que le agradara: sacudía la cabeza, intentaba desabotonarse el camisón y parecía acalorada. Nora le explicaba que el doctor Gurriero quería que estuviera sentada y le ofreció agua. Impaciente, la tía la rechazó.

—Fuera, fuera... —Y le apartó el brazo—. Agua, agua... —Y Nora le ofrecía de nuevo el vaso, para verse rechazada de nuevo—. Agua profunda... —decía la tía, y se retorcía las manos como si estuviera desesperada—. ¡Cuidado! —Y luego, muy muy dulce—: Ven a mi lado... —Y dejaba caer la cabeza sobre los almohadones, con los ojos fijos en la lámpara del centro de la habitación, farfullando—: Mese sede pepe, pede, de de. —Después, con un tono más seguro—: ¡Bede! —Y miraba hacia la puerta. Por último, de nuevo vaga—: Sete pepe mese....

Le dije a Nora que se fuera y quité un almohadón. La tía parecía más tranquila, alternaba desvaríos con frases sensatas. A ratos, casi se podía conversar con ella.

—He visto muchos vestidos antiguos, en los armarios..., ¿de quién eran? —le pregunté.

—Mamá..., de ma... am..., ¡de mi madre! —murmuraba ella.

Hablaba del jardín de la embajada en Marruecos, su sede preferida. Luego desvariaba:

—¿Quieres que tomemos el café en el palmeral...?

—Y luego volvía a balbucear—: ¿Qué haces aquí? ¿Dónde está Bede?

Saqué la caja de debajo de la cama y le enseñé las revistas. Ella las miraba, atenta, luego hizo una mueca cómplice:

—Pero mira tú... —Y volvió a su mundo. Pero no por mucho rato—. A tu padre le gustaban...

—¿Y a ti?

—Vaya...

Le pregunté si nuestro padre era cocainómano.

Ella me miró:

—La verdad... —y me hizo un guiño—, es me... me... jor... —Luego levantó el dedo índice y dijo de un tirón—: ¡La mejor palabra es la que no se dice!

¿Y se cultivan sólo fresas en los invernaderos? Ella se lo pensó, intentando articular sílabas pero sin conseguirlo. Luego soltó:

—¡Era un memo! —Y volvió a preguntar por Bede.

Yo le sostenía la mano, y pensaba en el joven negro. Y en mi padre. Un memo, así lo consideraba su mujer. Lloraba, no sabía por qué. Así me encontró Nora cuando vino a anunciar que había llegado el doctor Gurriero con su hija Mariella y su yerno Pietro, el alcalde de Pezzino, hijo del notario Pulvirenti.

Giulia había acompañado a Pietro y a Mariella a ver las obras de Pasquale en la terraza de la antecocina; Luigi y yo escuchamos los comentarios del doctor Gurriero sobre los análisis de orina y de sangre. El médico parecía preocupado, y no tan sólo por la tía; vigilaba todo el rato el móvil. Nos dijo que no había podido reducir la infección urinaria, que agudizaba los desvaríos: si para el día siguiente no se producía una mejora, nos aconsejaba vivamente, por mayor seguridad, la hospitalización en una clínica privada.

—Debo insistir en que no hay y no ha habido nunca peligro alguno para su vida. Quienquiera que os lo haya dicho, exageraba o no lo entendió bien.

Y nos exhortó a confiar a la tía a los extraordinarios cuidados de Bede y de sus sobrinas.

Luigi preguntó si, dada la situación financiera, no sería posible ingresarla en el hospital público en vez de en una clínica.

—¡Ah, queridos míos, eso es un auténtico dilema! —El doctor Gurriero abrió mucho los ojos—: ¡Vuestra madre se merece lo mejor!

Había llegado el momento de la despedida. El doctor Gurriero quiso continuar su razonamiento delante de todos los hijos:

—Si vuestra madre tuviera que ser hospitalizada, sin duda sería preferible una buena clínica. Es una garantía, ¡que doña Anna se merece! —Suspiró—. Desde luego, tiene un coste. Y todos sabemos que, de la agricultura, el pequeño y mediano propietario no saca casi nada. Vuestra madre podría vivir todavía mucho si se la cuida bien. ¿No habéis pensado alguna vez en vender al menos una parte de Pedrara, si no toda? Haría falta tiempo, pero seguro que acabaríamos por encontrar algún comprador.

Luigi no ocultó su interés por esa posibilidad y el médico les sugirió que hablaran con su consuegro, el notario Pulvirenti.

—Para mí sois como hijos, por eso me atrevo a daros un consejo: conservad como oro en paño a los arrendatarios de los invernaderos. Pagan tarde, pero pagan. Intentad venderles la hacienda a ellos. Habladlo con el notario. Y estad muy atentos a no aprovecharos de la abnegación de nuestro buen Bede, también él está sometido a muchas presiones: para mantenerse debe continuar con su trabajo, y vuestra presencia no lo ayuda... —El doctor Gurriero tomó aliento y, con tono de autoridad, propia de un profesional, concluyó—: Volveos a vuestras casas, con vuestras familias. Venid a ver a vuestra madre pero en visitas breves, a menudo incluso, pero en visitas breves. No carguéis a Bede, y a la gente que trabaja en la hacienda, con el peso de vuestra presencia. Pero, sobre todo, no provoquéis fricciones con los gestores de los invernaderos. Para ellos sería facilísimo encontrar otros más cercanos a la autopista, modernos y a un coste menor. —Y se calló, con la mirada fija en Pasquale. Me sentí incómoda. El doctor Gurriero frunció el ceño—: Debéis ser todos conscientes de que, si optáis por quedaros en Pedrara, será por vuestra cuenta y riesgo. —Luego retomó el tono suasorio de médico—: En ese momento, ninguno de nosotros estará en condiciones de ayudaros. —Y pasó a las despedidas.

*Debéis ser todos conscientes de que, si optáis por quedaros en Pedrara, será por vuestra cuenta y riesgo.* Todos nos sentíamos, cada uno de manera distinta, muy trastornados. Y lo estuvimos todavía más cuando Giulia nos contó que se había desahogado con Pietro y Mariella sobre la enmarañada situación legal de los invernaderos. Pietro le había dicho que la tía había concedido la casa del guarda en comodato a Bede. Y que había firmado el contrato de alquiler sólo para un invernadero; los de los otros invernaderos no llegaron nunca a concretarse. Un descuido, probablemente, pero también una evasión fiscal: el alquiler de los otros invernaderos se había pagado en negro, a través de Bede. Ahora, después de más de veinte años de posesión continua, los gestores de los otros invernaderos podrían intentar aspirar a la usucapión.

—¿Cómo puedes estar tan segura? —preguntó Luigi.

—He llamado al notario, y él me lo ha confirmado —contestó Giulia con engreimiento, casi como si fuera una revancha.

Había sido la más resuelta. Había sido la más lista. A pesar de la inquietud que nos había dejado la amenaza del doctor Gurriero, seguíamos siendo un grupo desmembrado, sin centro, la sombra de la familia que tal vez habíamos sido.

Estábamos allí como en una fotografía desenfocada, a la espera de que los acontecimientos nos dijeran quiénes éramos de verdad.

De Bede no se había visto ni la sombra.

## 10
## Como la consagración de una iglesia

*Domingo, 20 de mayo, a primera hora de la tarde*

(Mara)

Estaba acostumbrada a dar cada día largos paseos después de comer. Para mí era una necesidad. Al salir de casa eché un vistazo a la alcoba de la tía. Bede se hallaba con ella y me apoyé en la jamba de la puerta. Nora y Pina estaban ordenando el armario de la ropa de cama. La vuelta de la sábana bordada de encaje destacaba sobre la colcha de brocado, como si fuera un mantelito de altar. Bede estaba sentado sobre la cama, inclinado sobre la tía. Su posición al sesgo ponía en evidencia su fina cintura y sus hombros fuertes; las mangas, arremangadas hasta el codo, revelaban unos brazos musculosos y sus manos ahusadas. Era atractivo, Bede, y viril. Con un movimiento circular y solemne que me recordaba la celebración de un antiguo rito, pasaba un paño mojado sobre el rostro y sobre el cuello enrojecido de la tía.

Me vino un recuerdo a la cabeza y lo espanté. Luego regresó, y no me abandonaba. Unos años antes había asistido a la consagración de la iglesia de San Corbignano, en el Infernetto, un nuevo barrio de la periferia de Roma. Me había invitado una amiga del arquitecto Riva. En la iglesia, moderna y muy luminosa, era precisamente la luz —que caía como cuchillas desde claraboyas invisibles— la que originaba una profunda e intensa espiritualidad. Mientras el pontífice recibía del arquitecto la llave simbólica de la iglesia, colocada sobre un almohadón de raso rojo bordado en oro, una mujer con un delantal blanco hacía resbalar, con movimientos cadenciosos, aceite consagrado sobre la superficie del altar, una losa de travertino, de color ambarino y cálido. Cuando hubo finalizado, el Papa, vestido con una planeta y manguitos bordados en oro, se apartó de su séquito y se acercó al altar: el rito de la unción estaba a punto de empezar. El pontífice extendía el aceite sobre la piedra, centímetro a centímetro, como si en la iglesia estuvieran tan sólo él y aquel altar. Los prelados de su séquito estaban alineados en el ábside, con sus inexpresivos rostros dirigidos hacia la congregación. El silencio reinaba soberano. Veía de lejos las zapatillas de tafilete rojo, el solideo sobre los cabellos cándidos, y aquellas manos untuosas que extendían el aceite en círculos concéntricos. Lentas, absortas.

No me pareció blasfemo parangonar los movimientos de Bede en el rostro de la tía con la unción del altar: eran ambos actos de amor.

Y mientras Bede le pasaba el trapo húmedo sobre el rostro, la tía, abandonada sobre el almohadón, susurraba:

—Bede...

Era la única palabra que me parecía distinguir a ratos.

Una sonrisa de beatitud la iluminaba. La situación empezó a resultarme embarazosa y busqué el cielo al otro lado de la ventana.

# 11
# La presencia de Mara
*Domingo, 20 de mayo, por la tarde*
(Bede)

*En el intenso silencio de la sobremesa, cuando el aire está inmóvil y el polvillo empaña los rayos de luz que penetran por las persianas entrecerradas, es posible «sentir» los cuerpos que lo atraviesan sin ser vistos y la respiración, leve y afanosa, de los infelices. Entre los hijos de Anna, Mara era la más atormentada. Hubiera querido confortarla, pero, conmigo, ella jamás bajaba la guardia que protegía su infelicidad.*

*Mara, tú estabas celosa de mí y no lograbas comprender el motivo. Habría deseado conocerte mejor. Ahora te veo, Mara. Buscar, buscar, buscar. La villa se te ha abierto como una ostra, lenta y misteriosa.*

*Hubiera querido ayudarte en tu búsqueda. Siempre pensé que tú y yo habríamos podido entendernos. Hay algo de Anna en ti, lo sabes.*

*Qué provisionales somos, Mara.*

# 12
# Es que no te das cuenta
## (Bede)

*De mí, ni sombra siquiera. Y ellos inmersos en la sombra, igual que fantasmas.*

Tommaso decía, con justa satisfacción, que en Alejandría había hecho fortuna, superando cualquier expectativa. Y no exageraba.

Tres semanas después de que mi padre me hubiera confiado a él, nos embarcamos en un barco de vapor que nos habría de llevar a Egipto. El disgusto por la reacción —excesiva desde mi punto de vista— de mis padres ante una chiquillada de discutible gusto que había acabado mal y la lejanía de casa palidecían ante la excitación por conocer el maravilloso mundo en el que Tommaso se disponía a introducirme. Todo era nuevo, hermoso y estimulante. Disfrutaba con entusiasmo y curiosidad de las oportunidades que se me ofrecían. No tenía miedo de abandonar Sicilia, ni de irme a un país extranjero del que desconocía el idioma y las costumbres; y no sentía ansiedad alguna por conocer a la mujer y a las hijas de Tommaso, que se habían quedado en Zafferana pasando las vacaciones con unos parientes de Mariangela.

En sus relatos, Tommaso me había descrito Alejandría como una ciudad caída en una espiral de decadencia después de la nacionalización del canal de Suez, una ciudad de la que los extranjeros que durante generaciones habían vivido allí ahora huían: a mí me parecía enorme, estimulante y maravillosa. Mi padre había sido claro: debía seguir a su amigo y obedecerle en todo sin rechistar. Tommaso me llevaba consigo a todas partes; me presentaba al personal de casa, a los empleados del consulado y a sus amigos como el hijo de un viejo compañero suyo de armas; me impulsó a estudiar árabe, francés e inglés e hizo que su sastre me confeccionara un guardarropa. Por la noche, en casa, me hablaba del fulgurante pasado de Alejandría en el periodo helenístico y me daba a leer los poemas de los griegos. Yo respondía a sus atenciones.

Mariangela se reunió con nosotros en otoño junto con sus hijas: Mara, de seis años, y Giulia, de dos. Estaba mal predispuesta conmigo, y no le faltaba razón: Tommaso no ocultaba su interés en lo que a mí se refería. Yo me sentía abochornado; hubiera querido asegurarle que no constituía una amenaza para la estabilidad de su matrimonio: era uno de tantos, y nunca me atrevería a hacerles chantaje o a pedirles dinero. Me prometí ayudar a Mariangela y ganarme su afecto y el de las niñas: ella veía mis esfuerzos, pero nunca llegó a tenerme simpatía. Estudiaba con pasión, tanto que, después de varios meses, Tommaso consiguió que me admitieran como oyente en los cursos de la Facultad de Idiomas de la Universidad de Alejandría.

No tenía claro cuándo podría regresar a casa. Tommaso esquivaba siempre mis preguntas. A medida que pasaban los meses crecía la nostalgia de la familia y de mi pueblo. Las cartas de casa eran sencillamente crónicas diarias y recomendaciones: las escribía mi madre, que había ido al colegio. Me hablaba de las clientas, de los gatitos recién nacidos, de lo que cocinaba. Me atosigaba a preguntas —«¿Quién te lava la ropa interior?» «¿Comes bien?» «¿Y qué te dan de comer?» «¿Se te ha pasado el dolor de cabeza?»— y a consejos: «Si hace frío, acuérdate de ponerte un jersey». «Hazte una manzanilla cuando estés cansado.» «Tómate un huevo batido, te ayudará a estudiar.» «No comas demasiada carne; el pescado es mejor: ayuda a la inteligencia.» «Sé educado y respetuoso con todo el mundo.»

Ni la menor alusión al pasado, ni tampoco al futuro: era como si ella y mi padre ya no me quisieran en Pezzino. No los entendía. Apartaba de mí aquellos pensamientos y me convencía de que regresaría a casa al cabo de un año. Mientras tanto, estudiaba. Tommaso me daba un sueldo de «asistente», un puesto que luego se convirtió en el de «secretario privado». Aquel dinero daba una apariencia de dignidad a mi presencia junto a los Carpinteri y en la comunidad extranjera de Alejandría, y me permitía ir ahorrando algo para regresar al pueblo con la cabeza alta. El personal de casa me tomaba el pelo, «el muñeco del cónsul», les había oído susurrar en la cocina, donde solía comer cuando no estaba invitado a la mesa de los amos. Los empleados del consulado me trataban con distante cortesía. En la universidad nadie me creía cuando decía que mi padre era zapatero: pensaban que provenía de una familia acomodada, como los demás europeos que asistían a los cursos. Era, y me sentía, distinto a todos. Pero no era infeliz: aprendía muchísimo, cada día; Alejandría, a caballo entre África y Europa, era una ciudad magnífica y Tommaso me demostraba mucho afecto. De no haber sido por la nostalgia de casa, me habría considerado afortunado.

Había pasado un año y se aceleraban los preparativos para las vacaciones veraniegas en Pedrara. Era feliz. Unos días antes de salir, Tommaso me informó de que no me reuniría con mi familia, ni siquiera en el depósito al final de la Via Breve: permanecería en Pedrara todo el tiempo. Fue un mazazo. No entendía el porqué, pero no hice preguntas. Tommaso estaba abochornado y parecía irritado por mi silencio. Con una excusa cualquiera, me dejó enseguida y durante varios días evitó encontrarse a solas conmigo.

El regreso a Pedrara, tan deseado, se convirtió en una pesadilla. Cada día esperaba carta de mis padres, una invitación a reunirme con ellos, hasta una visita por sorpresa. Iba desmejorando poco a poco. Tommaso estaba de mal humor y dirigía sus atenciones hacia otro lado: dejaba la villa para irse a Siracusa casi cada día, sin decir nunca cuándo volvería. Me aproximé a Mariangela y a las niñas, pues los cuatro nos sentíamos descuidados. Y, además, aquel verano conocí a Anna, que había venido a pasar unas breves vacaciones. Deseaba conocer Pedrara y dábamos largos paseos juntos, charlando. Me gustaba exhibir mis conocimientos sobre el lugar y contarle historias sobre Egipto a una mujer madura y culta —era profesora de italiano— que tenía exactamente el doble de años que yo. Ella me trataba como un igual y me daba a entender, con el recato y la discreción que eran parte de su naturaleza, que mi compañía le gustaba. Yo disfrutaba escuchándola hablar; mi vanidad se sentía estimulada por sus atenciones.

Luego, pocos días después de la marcha de Anna, la tragedia: una mañana, Mariangela tropezó y se golpeó la cabeza; la llevaron al hospital más cercano, donde murió como consecuencia de la conmoción cerebral. Tommaso, marido desatento e infiel, quedó destrozado. En vez de dedicarse a sus hijas, buscó consuelo en mí. Hasta quiso que estuviese a su lado durante el velatorio, en la habitación de ellos. Los restos mortales de la difunta fueron colocados en la cama matrimonial, le pusieron una cofia de encaje en la cabeza vendada, las manos unidas y un rosario entrelazado en los dedos. Mi presencia junto a Tommaso me parecía impúdica, indecorosa. Un ultraje a la memoria de Mariangela. Y una manifestación de prepotencia con respecto a mí. Dependía en todo y para todo de él, especialmente en aquellos días: mi padre le había comunicado que ciertas personas habían venido a buscarme a mi pueblo y que lo más oportuno era tenerme escondido, e incluso disfrazarme de mujer, si aparecían desconocidos.

Después del funeral, los abuelos maternos se llevaron a las niñas a Zafferana y yo me quedé a solas con Tommaso en la villa. Tenía que estar siempre a su lado, en casa y fuera, dispuesto a satisfacer sus caprichos, a dejar que desahogara la rabia, a todas horas. Yo anhelaba regresar a Alejandría, donde a finales de septiembre se reunirían con nosotros Anna y las niñas. Estaba decidido: en cuanto me resultara posible, me buscaría un trabajo que me permitiera independizarme.

Tommaso había retomado su trabajo y yo los estudios. Lo veía poco. Pasaba mucho tiempo en casa: la presencia de Anna me alegraba. Me informaba de sus compromisos para la semana y hacía todo lo posible por toparme con ella en los sitios por los que tenía que pasar. Le daba una sorpresa en el paseo de la Corniche y luego nos metíamos en los bazares de los anticuarios, nos tomábamos un té de menta con los mercaderes de telas, olíamos los aromas en los talleres de los perfumistas. Percibía una gran tristeza en ella, y no sólo por la muerte de la hermana. Entonces, no sabía por qué.

En aquel periodo empecé a trabajar. Había completado el primer año de un curso de caligrafía clásica árabe, y obtenido un diploma. Una empresa petrolífera italiana me encargó traducir y pintar en caracteres árabes poesías para regalárselas a sus clientes saudíes. Mi trabajo gustó mucho, empecé a recibir más encargos. Lo primero que quise fue mi libertad y pedí permiso a Tommaso para buscarme una vivienda por mi cuenta. Él mostró su descontento, pero no se opuso: en aquel periodo cortejaba a Anna y mi ausencia de casa era oportuna. No dejé de formar parte de la familia, ni siquiera después de la boda: comía con ellos los domingos, participaba en todas las fiestas, los acompañaba en sus viajes por el Nilo y, cada verano, a Pedrara. El hilo de auténtico cariño entre nosotros no se quebró nunca; Tommaso tenía una naturaleza generosa, me animaba a crecer desde todos los puntos de vista y disfrutaba con mis éxitos.

En los salones diplomáticos yo había conocido a personas influyentes y establecido relaciones con ellas. La tía de un financiero turco me había tomado aprecio y me ofreció un alojamiento en su vivienda, donde acogía a su sobrino cuando iba a Alejandría. Este se convirtió en el hombre de confianza del emir de un estado del Golfo y me contrató como su intérprete personal. La mayor parte del dinero que ganaba lo mandaba a casa, a mis padres y a mis hermanos, que habían regresado a Sicilia, y el resto lo gastaba en mí: vestidos, libros, objetos de arte, hachís. Una vida aparentemente feliz, pero no dejaba de sentirme atormentado por la nostalgia y por la incertidumbre de mi futuro. De día estudiaba y trabajaba mucho, por la noche me aturdía de alcohol, de drogas, de sexo. A la mañana siguiente me despertaba con un sabor amargo en la boca y con el corazón vacío. Y cuanta más amargura y más vacío sentía, más me volcaba en las relaciones mundanas, las recepciones, la vida de sociedad. Vivía en una suerte de suspensión de los afectos. Era grato al juego mundano, donde para desenvolverse bastaban el buen gusto y la inteligencia, y se me admiraba por mi elegancia refinada e imaginativa —Tommaso había dejado su huella en mí. Dondequiera que entrara, sabía que todas las miradas estaban clavadas en mí. Me gustaba, y me hacía falta. Me sentía poco amado, a pesar de los encuentros furtivos y de la presencia de Tommaso en mi vida privada.

Me encariñé con Anna, para entonces ya esposa y futura madre, y ella se encariñó conmigo, una amistad veteada de ambigüedad y con zonas de sombra, pero sincera.

A los veintiún años acabé la carrera. Tommaso estaba orgullosísimo; recurriendo a sus contactos, había logrado que mi licenciatura en árabe y mi diploma de intérprete fueran reconocidos por una universidad italiana. Fuimos a Roma para la ceremonia, él y yo. Me llevó a ver a Litrico, originario de Catania, pero que había hecho fortuna en Roma, quien me hizo a medida un esmoquin negro y más propio de los trópicos, con la chaqueta blanca. «Ahora que eres un licenciado te hace falta una chaqueta adecuada. Espero haber elegido bien.» El sastre había confeccionado una chaqueta cruzada de vicuña azul. Acaricié el tejido: era finísimo y suave. «Su comercio ha sido prohibido por las Naciones Unidas, este es uno de los últimos cortes que quedan», dijo el sastre, y me ayudó a ponerme la chaqueta: me sentaba a la perfección. Mientras tanto, iban entrando en el saloncito de pruebas los ayudantes del sastre, uno con un par de pantalones de color miel, otro con camisas de algodón finísimo, el último con una serie de corbatas y pañuelos de batista para el bolsillo. Tenía los ojos brillantes. Y Tommaso también.

El sastre y sus ayudantes se habían retirado. Estábamos solos. Yo me admiraba en el espejo. Detrás de mí, Tommaso miraba mi reflejo. Me rozó la nuca con la mano:

—Quiero que hoy estés espléndido, aunque sepa que así corro el riesgo de perderte.

Y me recitó unos versos de Teognis:

Es hermoso tener el amor de un muchacho, y es también
[hermoso dejarlo;
y es más fácil encontrarlo que darle cumplimiento.
Miles de cosas malas penden de él, y también miles de cosas
[buenas,
pero en el balance siempre hay algo de gracia.

—Vamos a dar una paseo —me dijo luego—, quiero exhibir tu belleza por toda Roma.

Caminábamos al unísono sobre el adoquinado, llamando la atención de los transeúntes. Cruzamos la piazza del Popolo y tomamos por una calleja. Tommaso se detuvo ante un edificio con rejas en las ventanas:

—Entremos, hay unas personas a las que me gustaría que vieras.

Mi padre y mi madre nos esperaban, enardecidos. Habían cogido el primer avión de su vida —mi madre dijo que iba a ser también el último— y se alojaban, huéspedes de Tommaso, en un convento que se había convertido en albergue para los peregrinos del Jubileo, en el centro de Roma: un oasis de tranquilidad con un claustro arbolado. Tommaso había invitado también a mis hermanos, que se reunieron con nosotros al día siguiente. Tommaso era generoso, y tenía mucha imaginación y tacto: no se dejó ver hasta que mi familia regresó a Sicilia. Pasamos jornadas intensas, felices; también estas, como las cartas, sin la menor alusión al pasado o al futuro. Bastaban las miradas, las caricias, los suspiros para mantener vivo el profundo cariño que nos unía y al mismo tiempo nos separaba, para mi bien. La melancolía la llevábamos de la correa, como un dócil animalillo. Los acompañé a la estación con el corazón hecho pedazos.

Mientras los demás cargaban con las maletas, mi madre, asomada a la ventanilla, me dijo:

—¿Sabes que en casa la luz del pasillo se queda siempre encendida por la noche?

—¡Pero si yo ya no soy un chavalín, y ya no vivo en casa!

Ella me miró.

—*'Nsamai,* que no falte, no vaya a ser que mi hijo Bede regrese. —Y luego prosiguió—: Una nunca se acostumbra a tener a sus hijos lejos, qué va, con el paso de los años empeora.

Sacó el brazo y yo le cogí la mano.

—Que todo te vaya bien, hijo mío, te lo mereces. Acuérdate de no hacer daño a nadie, no es asunto tuyo. —Me miró llena de ternura—: ¡Mándame una fotografía de la licenciatura!

—¡No, nada de fotografías! —intervino mi padre asomándose a sus espaldas.

El tren empezó a moverse. Las lágrimas se me secaron en los ojos: comprendí que había sucedido «eso», después del asunto.

Y solté la mano de ella.

*Entonces tú, Anna, te colmaste de una nueva y luminosa sustancia. Distinta a mi madre, y sin embargo pensativa, como ella. Te quería tanto como si fueras mi madre.*

*Anna, yo he intentado ayudarte, hasta el final; pero al final no lo logré.*

# 13
# Mara y Luigi se consuelan mutuamente
*Domingo, 20 de mayo, por la noche*
(Mara)

Habíamos acompañado todos al doctor Gurriero, a su hija y a su yerno a la puerta. Apenas nos dio tiempo de cerrarla cuando Pasquale, dándose rápidamente la vuelta, se plantó delante de nosotros, con el dedo índice apuntado contra Luigi.

—He trabajado para vosotros desde que llegué aquí con vuestra madre, y desde ayer trajino en la cocina para que comáis decentemente: ahora me he hartado. ¡Haceos vosotros mismos la cena con lo que encontréis!

Y se dirigió a grandes pasos hacia el comedor, dando un portazo.

—Perdonad —murmuró Giulia, toda colorada—, ha sido un día muy duro para él, os dejo sobre la mesa de la cocina todo lo que hay, encargaos vosotros. —Y se escabulló detrás de él.

—No lo entiendo, de verdad que no lo entiendo... —murmuraba Luigi. Me rodeó los hombros con el brazo y me estrechó contra él.

—Ven —le dije—, voy a enseñarte algo que ninguno de nosotros es capaz de entender..., o que quizás entendamos demasiado bien, incluso. Y luego nos vamos a preparar la cena. —Me lo llevé a la hospedería y abrí de par en par la puerta del armario esquinero—. Venga, subamos.

Pocos minutos después, Nora demostró su plácida naturaleza: nos vio entrar en el dormitorio desde el cuarto de los armarios y ni pestañeó. La tía, en cambio, pareció sorprendida y nos acogió con un «¡Ah!» no del todo amigable.

—¡Bede! ¿Dónde está Bede? —preguntó.

Giulia había dejado sobre la mesa de la cocina un paquete de macarrones, una bolsa de guisantes congelados, pan, huevos y patatas. El frutero estaba repleto de ciruelas, en un recipiente de madera había cebollas, ajo y algunas zanahorias. Luigi, de largo mucho mejor cocinero que yo, decidió el menú: pasta con guisantes, tortilla de patatas y ensalada de zanahorias, cebolla y aceitunas negras. Era la primera vez que cocinábamos juntos en Pedrara y nos afanábamos no sin cierto bochorno. La tía Anna era una derrochona al borde de la oniomanía; cada vez que compraba un electrodoméstico adquiría otro idéntico para llevárselo a Pedrara. Y, sin embargo, parecía como si no hubiera uno solo en aquella cocina. Abríamos los armarios, rebuscábamos en las artesas, pero era como si el tiempo se hubiera detenido tras la muerte de nuestro padre: faltaba hasta el batidor eléctrico para montar las claras.

Puse la mesa con un mantel manchado de comida. Luigi había decidido preparar la tortilla en el horno, pero estaba lleno de fruta seca y de bayas —puestas allí a secar, presumiblemente para alguna escultura de Pasquale—, de modo que optamos por los hornillos. Debajo de una fuente, Luigi descubrió un saquito de yute embadurnado de grasa, cerrado con una cintita de raso deshilachada.

Lo abrió: eran piedras de lo más normal, que, me explicó, se ponían sobre la pastaflora de las tartas para que no se levantara el fondo durante la cocción. Volvió a dejar el saquito donde estaba. Trabajábamos juntos en perfecta sintonía. Yo le había enseñado los rudimentos de la cocina antes de que se marchara a la universidad; ahora era él quien me decía lo que debía hacer. Batía los huevos con dos tenedores mientras él sofreía la cebolla triturada antes de añadir los guisantes.

—¿Qué te parece el doctor Gurriero? —me preguntó.

—Lo conocemos desde siempre, es un hombre decidido y un buen médico. A papá le gustaba mucho.

—Sus palabras me han dado miedo. En serio. —Y me miró—. Pienso marcharme mañana mismo. ¿Me consideras un cobarde?

Procuré minimizar.

—Para nada. Yo también me iría, y tal vez no por la misma razón... Sin embargo, no deja de ser verdad que los médicos hablan a menudo en tono melodramático.

—¡Venga! ¡Vayámonos juntos, en el vuelo a Milán!

Y se apartó con el brazo el mechón de la frente, sin soltar la espátula de madera.

Le recordé que, si nos íbamos con tantas prisas, dejaríamos una tarea a medias: la búsqueda del tesoro de la abuela Mara, que nos resultaría útil tanto a él como a mí.

Luigi mezclaba la pasta en la olla espumeante.

—Yo dudo mucho de que exista tal tesoro, pero por precaución deberíamos continuar la búsqueda. Ojalá lo encontremos mañana por la mañana, y luego pueda partir con el vuelo de la noche. Para quedarme con la conciencia tranquila.

La cena dio comienzo en silencio. Las palabras del doctor Gurriero retumbaban dentro de cada uno de nosotros; no se hizo la menor alusión al tesoro, que se había convertido en nuestra única esperanza, casi una obsesión. La pasta estaba muy rica: los guisantes, endulzados por la cebolla sofrita, maridaban perfectamente con la cucharadita de margarina añadida en el último momento, antes de llevar la sopera a la mesa. Era una comida pobre, como nos sentíamos nosotros. Pobres e impotentes, con una rabia inmensa contra nuestra madre. Llevé a la mesa la tortilla sobre un plato de cerámica azul; la había decorado con hojas de perejil fresco, pero ni siquiera aquello suscitó comentario alguno. Comíamos abatidos.

Pasquale rebañó el aceite de la tortilla con un trozo de pan. Se pasó la servilleta por la boca y la dejó sobre la mesa masticando.

—¡Usucapión! —exclamó con una mueca—. ¿De los invernaderos tan sólo, o de toda la tierra?

Nos miraba, uno a uno, esperando una respuesta.

—Explícate mejor —dije yo—, ¿a qué te refieres?

—Digo que Pietro Pulvirenti sostiene que los gestores de los invernaderos podrían valerse de las leyes sobre la usucapión. ¡Podrían demostrar asimismo que los terrenos adyacentes servían a los invernaderos o estaban ocupados por ellos, y pretender adquirirlos también! ¡Os quedaríais con una mano delante y otra detrás, tan sólo os pertenecería la villa! —Y luego añadió—: Aunque, en realidad, incluso la villa podría ser objeto de reivindicación si Bede sostuviera que vive en ella él solo.

—Debemos hablar con el notario —intervino Luigi— y preguntarle a Bede qué parte de los terrenos usan los gestores de los invernaderos...

—¿Es que no entiendes que los gestores son los hermanos de Bede? ¡Son los Lo Mondo los que nos están asfixiando, y nadie más! —Pasquale había levantado la voz—. ¡Menudo imbécil!

Luigi se puso pálido. Ensartó el último trozo de tortilla y se lo llevó a la boca. Masticaba lentamente. Luego posó el tenedor y anunció:

—Mañana me marcho.

—¡Cobarde, no te atrevas a dejarnos solos! —gritó Giulia poniéndose de pie.

—Yo también me marcho.

Giulia me lanzó una mirada grave, furiosa. Pasquale callaba. Después de tomarse la fruta se despidieron y se encerraron en su cuarto.

Luigi y yo nos pusimos a recoger. Estábamos muy cansados. Cada uno revivía los acontecimientos de la jornada: yo pensaba en el joven negro mugriento de heces y de vómito; él, en su mujer y en su hijo, entre quienes se había producido un altercado. No queríamos separarnos, era como si cada uno necesitara la compañía del otro. Fuimos a dar un paseo por el jardín. Había luna llena y aún no había caído la noche. Caminábamos siguiendo el paseo de las ceibas, todas cubiertas de espinas, y las rozábamos en silencio. Apareció Bede, que iba —a toda prisa— en sentido contrario. Pareció sorprendido de vernos, nos saludó de lejos:

—¿Qué tal todo? ¿Bien?

Nosotros le hicimos un gesto de que sí. Y él desapareció. En su voz me pareció advertir un invencible cansancio.

—Yo creo que mamá nunca llegó a quererme —soltó Luigi—. ¿Tú sabes por qué?

Lo tranquilicé: ¡era una mujer reservada, pero por supuesto que lo amaba!

«A aquellos que conciben sin placer les resulta difícil amar a sus hijos por instinto, pero deben aprender. A los niños que no reciben cariño se les marchita el alma y la carne», me había escrito la tía. «Aprender a amarlos es posible.» Y, por el contrario, para ella no lo había sido. De repente, se me aparecieron ante los ojos algunas fotografías particularmente desagradables de las revistas pornográficas. Espanté el horrible pensamiento que se me había cruzado por la mente.

Inhalábamos el aroma a musgo de las plantas humedecidas por la noche. Al pasar por debajo de la marquesina de las glicinias Luigi levantó el brazo para rozar los ligeros racimos, yo, en cambio, me agachaba para oler las rosas silvestres entre las berenjenas florecidas: era el parterre preferido de nuestra tía, que había abrazado la pasión de nuestro padre por la mezcolanza de plantas ornamentales y hortalizas. Nos detuvimos ante la fuente grande. Estaba limpia y carecía de peces, el surtidor de los pies de la ninfa caía charlatán sobre el agua, sin inmutarse.

—Todo esto me parece una despedida, acariciamos nuestro jardín por última vez —dijo él, y yo asentí. Decíamos adiós a Pedrara. Debíamos hacerlo.

*Si optáis por quedaros en Pedrara, será por vuestra cuenta y riesgo.*

Al volver, entramos en la casa por la puerta principal en vez de por la posterior. Desde el comedor se oían pasos rotundos, regulares, como en círculo. Luego un golpe seco. Otro, seguido de gemidos quedos. ¡Pobre Giulia!

Nos miramos. Los ojos azules de Luigi volvieron a ser los del niño de nueve años en el momento de regresar a Suiza, en taxi, junto con los otros dos chicos romanos que estaban en su mismo internado. Asustados. Sufriendo. Yo me ofrecí para acompañarlo a la estación, y nos fuimos de casa, con la mano de él cogida a la mía, solos.

La tía, en circunstancias como aquellas, optaba por irse a la iglesia a rezar el rosario.

Luigi me apretó la mano. Como entonces.

—¿Puedo dormir contigo?

Y eso fue lo que ocurrió, igual que cuando, de niño, sufría pesadillas y venía a meterse en mi cama. Yo me despertaba con sus rodillas contra la espalda. Como la última noche de las vacaciones, cuando él no soportaba la idea de marcharse de casa y se presentaba en mi habitación lloroso, con el mechón rubio húmedo de lágrimas y sudor. Se acurrucaba junto a mí y yo lo acunaba hasta que se aplacaban sus sollozos, con los brazos alrededor de sus gráciles hombros.

# 14
## *Tu si' spiritu libero*
(Bede)

*Desde aquí te veo sufrir. Consigo entrar en tu memoria. Hermano y hermana en el círculo protector que os ha tenido siempre separados del mundo. En el círculo de los gestos que nos salvan. Los pequeños gestos del amor. Los he buscado por todas partes, esos gestos, por todas partes he esperado ver la lámpara encendida de mi madre, para recibirme. Ser escogido para siempre. Mara, tú me sentiste aquella noche en el jardín, tú entendiste. Hemos pertenecido a la casa de Pedrara como se pertenece a los fantasmas de las personas que no hemos dejado de amar...*

«Tú nasciste distinto. Eres hermoso, de una hermosura especial», decía mi madre, y también mi padre, Gaetano y Giacomo lo decían, con el mismo orgullo. Las mujeres de la familia y las clientas de mi madre no hacían más que repetírmelo, que era muy guapo, y que con el tiempo lo sería aún más. Correteaba junto a mi padre, con la espalda bien derecha y la cabeza alta, para la visita diaria del panadero. Debía escuchar impasible, como si fuera un muñeco de tela, los cumplidos de la gente. Cuán *bedduzzu 'stu figliu* tardío, qué guapetón es este hijo tardío, y tan distinto a los otros dos. Pasaban a los comentarios directos: ¡Qué ojos más bonitos! ¡Cuánto había crecido! ¡Ya se veía que iba a ser muy alto! ¡Qué pelo, negro como el carbón, y tan reluciente! Aquellos comentarios tediosos se hacían tolerables y hasta agradables gracias a la vanidad, ya bien arraigada en mí, y que nunca me ha abandonado. Puede llegar a ser de gran consuelo, la vanidad.

Me pasaba horas delante del espejo, y me gustaba. Necesitaba gustar a los demás. Buscaba los cumplidos; la ambición de ser el mejor —el más hábil en los juegos, el más amable, el más concienzudo— me hacía pasar por bueno. Cosía vestidos para las muñecas de las amigas con retales de tela de mi madre, construía cochecitos con las latas vacías de sardinas en salazón y de concentrado de tomate; con ramas de acebuche, bramante y una correa sabía fabricar hondas y arcos que luego regalaba a mis amigos; ayudaba a los ancianos a llevar las bolsas de la compra; para complacer a los demás corría a comprar cigarrillos, fósforos, a echar las quinielas, a recoger cartas. Todo por la vanidad de oír decir lo bueno que era.

En el colegio aprendía sin esfuerzo. Quería destacar, encontrar un trabajo que me gustara, ser independiente. En el pueblo había mucho desempleo; los jóvenes emigraban —como habían hecho mis hermanos— o confiaban en obtener un «acomodo» mediante los favores de los políticos. Tenía quince años. Mi padre y mi madre estaban dispuestos a dejarme proseguir los estudios, mientras que Gaetano y Giacomo habían tenido que abandonar el colegio nada más acabar la escuela obligatoria. Por primera vez me sentí inferior: envidiaba a mis compañeros criados en el bienestar, donde los libros eran por lo menos una presencia necesaria. Mi padre conocía a un profesor de instituto que se llamaba Giuseppe Mendolia; enseñaba en Siracusa y vivía en Pezzino. Este se ofreció a darme clases particulares. Mi madre no quería, no le gustaba «llevarse sin pagar»; el momento del cobro llegaría alguna vez, antes o después. Mi padre la persuadió para hacer una prueba; luego me habló a solas:

—En el colegio y en el trabajo debes obedecer. Con los demás, no digas nunca que sí por educación o para satisfacer a otro. Cuando quieras una cosa, di entonces que sí; y di que no, si ya no te apetece. Recuérdalo.

Eran hermosas, aquellas clases particulares. El profesor me prestaba los libros de los que me hablaba y los discutíamos juntos. Después pasó a enseñarme la poesía latina y la griega. Y el arte de los griegos. Me llevó al Museo Arqueológico de Siracusa. Vi estatuas de jóvenes de cuerpos estupendos, jarrones con pinturas de coitos entre hombres y muchachos, y sentí una extraña conmoción, como si me fueran cercanos, semejantes.

—Tú eres como ellos —dijo él—; esos jóvenes inconstantes han inspirado muchas poesías de amor. Goza y haz gozar.

Del profesor aprendí que el amor es sublime a cada edad y con cualquiera con quien se tenga afinidad, sin atender a clases, razas o sexo. Cuando cumplí dieciséis años, me sentí mayor. Había llegado el momento de separarme del profesor Mendolia. Habíamos hablado, y mucho, de los amores entre adultos y muchachos: tienen un principio y deben tener un final, como los de los antiguos griegos. Se daba por descontado que también el nuestro acabaría por finalizar, como era justo.

Sentía curiosidad por todo. Era el más guapo de mis amigos, eso decían por ahí: las chicas me cortejaban y yo las encontraba atractivas. Los chicos copiaban mi modo de vestir. Quería hacer vida de pandilla y estar con mis coetáneos. Se lo dije al profesor.

—La inconstancia forma parte del proceso de crecimiento; te quedo agradecido por haberme permitido estar cerca de tu belleza —me contestó él—. Con los años he aprendido que el sufrimiento de no ser correspondido no debe alejar a quien es rechazado de la búsqueda de otros amores. Te deseo lo mismo a ti.

El muchacho y el caballo se comportan del mismo modo:
el caballo no llora al jinete que muerde el polvo,
pero, saciado de cebada, se somete a quien viene después:
así el muchacho besa al hombre que se le pone a tiro.

Y nos separamos con un último húmedo beso, una *vasata.*

Mi primer recuerdo de la catedral de Pezzino es junto a mi madre, que me lleva, siendo niño, a la capilla de la Anunciación a María. «Tú eres como el ángel de la Anunciación», me dijo señalando el gran fresco en la iglesia madre. Cuando crecí, me demoraba a menudo ante aquel cuadro. Así quería ser yo, ni varón ni hembra, como el ángel. Yo, Bede. El hermosísimo Bede. El profesor Mendolia me había hecho entender que había otros muchos hombres que eran como yo, y que los había habido siempre, aquello me había dado seguridad. Los hombres me gustaban; pero también las hembras.

Aquel año, cuando mis hermanos regresaron a Alemania después de las vacaciones, me recomendaron que me comportara bien y que no llamara demasiado la atención. Gaetano y Giacomo me habían protegido siempre: si alguien me tomaba el pelo por cómo me vestía o caminaba, uno de los dos intervenía y ponía fin al asunto. Los tranquilicé: ahora ya había crecido y estaba en condiciones de cuidar de mí mismo. No hubo necesidad de que me explicara mejor. Ellos sabían que quería divertirme junto con mis amigos, como todos. Lo que ocurría, además, era que quería hacer el amor a mi manera.

Pero había sido arrogante.

## 15
## *«Love is love»*
### *Domingo, 20 de mayo, por la noche*
### (Mara)

No conseguía conciliar el sueño; me sentía vacía. Me picaba todo el cuerpo y me rascaba los hombros. Me restregaba los ojos legañosos. Tenía hambre. Me había levantado sin despertar a Luigi y había cogido el bolso, donde tenía un paquete de crackers, y había salido al balcón.

El aire era blando. Observaba la oscuridad, escuchaba aquella aparente ausencia de sonidos y olía los aromas tibios que subían desde el jardín. Iba a dejar Pedrara, para siempre.

Unos pasos. La advertencia del doctor Gurriero, «Si optáis por quedaros en Pedrara, será por vuestra cuenta y riesgo», resonaba sin tregua. Tuve miedo. Los pasos se acercaban, cautos. Murmullos del follaje, crujidos afligidos de ramas dobladas, luego el silencio. El ruido provenía de la torre. Allí la oscuridad era total. Un ronco *«Madame... Madame»* soplaba desde el algarrobo retorcido. Germinado de una semilla transportada por el viento, el árbol había crecido justo al lado de la torre. El tronco estaba inclinado hacia el jardín, desafiando la gravedad. Mi padre sostenía que, de no haber sido por los cimientos de la torre que impedían que las raíces se movieran, envueltas en sus grandes piedras y atadas a estas, el gran algarrobo haría tiempo que se habría derrumbado al suelo. Un chirrido quedo. Mejor dicho, un crujido. Una rama parecía balancearse.

Yo intentaba ver algo en la oscuridad, en vano. Luego la voz, de nuevo. «*Merci, madame.*» El chico de Mali saltó al suelo y se acercó al balcón, sin salir de los arbustos.

—*Merci madame,* por haberme cortado las cuerdas. Me voy, voy a fugarme de este sitio.

—Yo también me iré pronto. Pasado mañana —dije en voz baja, casi como si su suerte pudiera compararse con la mía.

—Hace bien, aquí hay gente horrible. Muy mala. Me quedaré aquí por los alrededores hasta que se vaya, para protegerla. Devolver el favor.

Metí cien euros en el paquete de crackers y se lo lancé.

Él se acercó a gatas y luego se desvaneció.

Volví a entrar en mi cuarto. Tan sólo entonces fui consciente de lo que había dicho: pero yo no le había cortado las cuerdas. ¿Quién habría sido? Volví a salir al balcón, lo llamé:

—¡Ven..., ven aquí!

Del árbol llegó una voz:

—Me llamo Jacques.

—¿Quién te ha cortado las cuerdas? ¡Yo no he sido!

—Entonces habrá sido un ángel de cabellos rojos y de labios suaves. —E inició la interpretación de «*Love is love, hate is hate, but is hard to separate*», que poco a poco se fue atenuando hasta que dejó de oírse. Un murmullo en el follaje, y Jacques regresó al interior de la noche.

## 16
## Se espera lo que haga falta
*Lunes, 21 de mayo, por la mañana*
(Mara)

En el desayuno, Luigi y yo anunciamos que habíamos reservado nuestros vuelos para el día siguiente; una jornada entera debía ser suficiente para la búsqueda de las joyas, en el caso de que estuvieran realmente en Pedrara. «Ah», dijo Giulia. Pasquale no hizo comentario alguno. Seguimos comiendo en un silencio interrumpido por los habituales «¿Quieres más tostadas?», «¿Me pasas la mantequilla, por favor?», «¿Dejo abierto el tarrito de la mermelada?», «¿A quién le apetece la última rebanada de pan?». Cada uno de nosotros pugnaba con sus propios pensamientos.

Mientras quitábamos la mesa, Nora se asomó desde el jardín:

—Perdonen, pero ha telefoneado el doctor Gurriero; estará aquí en diez minutos. —Y luego, dirigiéndose a mí, añadió cohibida que le gustaría ir un momento a casa de Bede para arreglarse antes de que llegara el médico: ¿me importaba hacerle compañía a doña Anna y darle el recipiente de la orina al médico si ella no estaba de vuelta a tiempo? Noté en aquel momento que Nora seguía aún con la bata y las zapatillas de andar por casa. Por las escaleras, me explicó que Bede había salido temprano por la mañana y la había hecho venir a toda prisa, sin darle tiempo a vestirse, pero por suerte su hermana y ella tenían una muda en casa del tío, para casos así.

La visita del doctor Gurriero transcurrió con normalidad. La tía repetía su cantinela —«¡Bede! ¡Bede! ¿Dónde está Bede?»—, pero la interrumpía para obedecer las instrucciones del médico y contestar a sus preguntas. El doctor Gurriero la había encontrado algo confusa, pero no desmejorada. Me insistió una vez más en que nuestra presencia era superflua, peor todavía, contraproducente. Pareció serenarse cuando supo de mi marcha y de la de Luigi.

—¡Muy bien! Confiemos en que los otros dos sigan pronto vuestro ejemplo. —Lo acompañé a la puerta pero me acordé de repente de que no había cogido el recipiente de la orina, que se había quedado sobre la mesita de Nora—. No, no —dijo él, distraído—, ya lo he cogido yo.

Volví corriendo al cuarto de la tía y el recipiente seguía allí sobre la mesita. No entendía nada. Me sentía confusa. Era demasiado. Luigi que volvía a ser niño, el negro que me decía que estuviera atenta, la caza del tesoro de la abuela Mara, Bede que aparecía y desaparecía, Giulia y Pasquale que se amaban y se odiaban. Como me ocurría cada vez más a menudo, sentía que me sofocaba dentro de la casa: debía alejarme de allí.

Tomé la escalera interior que llevaba desde la primera planta a la sala de estar, al lado de la veranda por la que se salía al jardín de atrás. La puerta de cristal estaba bloqueada por Luigi: apoyado contra la jamba, hablaba excitado por teléfono con Natascia. Su bonito y regular perfil y la barbita clara destacaban contra el fondo del cristal policromo. Debía usar la puerta principal y pasar por delante del comedor donde se hallaban Giulia y Pasquale: un recorrido que hubiera preferido evitar.

Estaba en el vestíbulo. A los lados, las dos grandes puertas oscuras, una enfrente de la otra, y sin montantes de cristal: puertas sólidas, que guardaban los secretos. La que daba a la hospedería —ahora lo sabía— custodiaba el secreto de la escalerilla de caracol: desde el guardarropa, la abuela Mara bajaba sin ser vista para abandonarse a los brazos de su amante, en aquella locura de villa que él había construido para pasar junto a ella horas de pasión. Sin sentimientos de culpa, sin dudas, sin titubeos.

En el lado opuesto, la puerta del comedor. Y me veía obligada a enfrentarme a un nuevo secreto, el de Giulia, que había apilado los muebles en un rincón para dejar espacio a una cama que compartía con el hombre que la maltrataba. Que la humillaba. Y del cual ella no quería separarse. Porque creía amarlo. Porque creía que él la amaba. Porque tenía miedo a estar sola, y se sentía indigna del amor de él y de cualquier otro. Pasquale —que se presentaba como un hombre moderno, diligente, amable, compasivo— había mellado su seguridad, su respeto por sí misma y su propia estima. Él, que había sido el primero de una familia obrera en obtener una licenciatura y en interesarse en política, que se ufanaba de luchar por la igualdad de oportunidades para las mujeres, por la justicia, por los derechos humanos. Él, que tras separarse había dejado su trabajo de profesor y se había jubilado a los cuarenta años, después de haberse hecho cargo de su hijo para acogerse a los parámetros previstos por la ley. Desde entonces no había vuelto a trabajar. Dejaba que Giulia lo mantuviera; mejor dicho, le concedía el privilegio de pagar sus gastos.

Reinaba el silencio. Un suspiro. Casi lo había conseguido.

De repente, un golpe seco. Algo pesado había caído. Pasquale daba voces. Oía a Giulia que le prometía no volver a hacerlo más: «¡Es culpa mía, perdóname!», «¡No te enfades!», «¡No, se ha roto!», «¡Discúlpame!». Pedía clemencia de todas las formas posibles. Luego, las tremendas palabras: «¡Ponte sobre la baldosa de Giulia!». La orden de quedarse quieta. Silencio. Un bofetón. «¡No te muevas, so puta!» Estaba delante de la puerta, dispuesta a entrar. Tenía miedo. Me desprecié, debía intervenir. ¿Y si empeoraba las cosas? ¿Y si ella me decía que le gustaba que le pegaran, que ella, como la tía —y, quién sabe, quizá también como nuestra madre—, disfrutaba de los azotes descritos y representados vívidamente en las revistas guardadas durante treinta años tras la muerte de nuestro padre? ¿Las miraba la tía para excitarse? ¿Para imaginarse que la maltrataban? ¿Y si Pasquale la tomaba conmigo?

Me agaché y miré por el hueco de la cerradura. El comedor de muebles modernistas de nogal claro había sido transformado por completo: los dos aparadores con espejos, en otros tiempos uno enfrente del otro, habían sido trasladados, espalda contra espalda, a la derecha de la chimenea. A la izquierda, dos somieres individuales formaban una cama matrimonial; las sillas con brazos que había a ambos extremos de la mesa servían de mesillas de noche. La larga mesa de comedor ya no estaba en el centro de la sala. Su ausencia quedaba evocada por el recuadro de baldosas de color amaranto —exactamente de la misma medida— en el centro del pavimento de gravilla de mármol con rombos beis y rosa.

Contuve la respiración. Giulia avanzaba descalza siguiendo el borde del recuadro, una franja de gardenias. Pasquale la conducía por detrás. Ella llevaba puestas tan sólo unas braguitas, él iba completamente vestido. Giulia, entretanto, había alcanzado la baldosa de la esquina del recuadro, con las hojas verde claro y dos gardenias rojas, estilizadas, sobre fondo beis. «¡Quieta!», le ordenó él. Era esa, la «baldosa de Giulia». Pasquale la conminó a adoptar la postura del perro, con las patas levantadas, los senos y el vientre expuestos a sus patadas, sin moverse de la «baldosa de Giulia», sin desplazarse sobre las otras, manteniéndose en equilibrio sobre las posaderas, con las piernas y los brazos plegados en alto, y la golpeaba con el calcañar, le aplastaba el vientre con las suelas militares, le atormentaba los pezones con la punta de las botas, luego con los tacones. Le ordenó que se acurrucara como una liebre, con la cabeza y las rodillas sobre la baldosa, y la emprendió a patadas contra su espalda, glúteos y muslos. Sin detenerse, le ordenaba realizar pequeños movimientos para permitirle golpearla en los puntos más dolorosos.

«¡Alza la barbilla! ¡Levanta el brazo! ¡Separa los muslos! ¡Date la vuelta! ¡Agáchate!»

No tuvo necesidad de decirle que se callara en ningún momento. Giulia había perdido la voz.

Luego la levantó a rastras. La golpeaba en las piernas, que se le aflojaban. La agarró de un brazo y la empujó contra la pared. «¡Das asco!», le gritaba, y la sostenía de pie aferrándola con un brazo mientras con la otra mano le golpeaba la cabeza contra la *boiserie*. De repente, Pasquale la soltó y se alejó con sus pasos pesados. Giulia se dejó caer al suelo. Tan sólo entonces rompió el silencio con los primeros gemidos.

Y yo, cobarde, sudada y temblorosa, no intervine.

Crucé a toda prisa los jardines y después eché a correr en dirección al río. Bajaba hacia el Pedrara para quitarme de encima el fango con el que aquellos dos me habían enlodado, para refrescarme, para purificarme los sentidos. Tropezando, me agarraba a las ramas que obstaculizaban el sendero. Volvía a levantarme, con las manos arañadas y llenas de espinas, y continuaba. No podía pararme. Ya estaba en la escarpada vereda que llevaba a la charca donde nos refrescábamos de niños. En el lado opuesto, la pared de roca socavada por el río ascendía recta y lisa desde la vaguada hasta el altozano, intacta: los sículos no habían sido capaces de violarla. Allí se habían asentado tenaces colonias de alcaparros de tupidas matas verdes que pespunteaban el gris blancuzco de la roca. Me había detenido en «nuestra» playita de guijarros; la naturaleza había creado un minúsculo anfiteatro de piedras, protegido por un semicírculo de cañas y encinas; como telón de fondo, la pared al otro lado del río sobre el que caían en forma radial ramilletes de flores de alcaparro, blancas y rosas.

Aquel era el lugar de lo imaginario. Y de las esperanzas.

Giulia y yo nos inventábamos comedias y las representábamos allí, en traje de baño y con viejas sábanas, con amigos y también solas. Esperábamos ser felices de adultas, y hacer felices a los hombres que escogiéramos. No lo habíamos logrado. Yo me había rendido a aventuras imposibles, con la certeza de la soledad. Giulia había elegido a sus hombres entre todos los que no eran dignos de ella, para poner a su disposición lo que poseía y a sí misma: ella, hija de embajador; ella, con dos licenciaturas; ella, tan hermosa como nuestra madre. Y para dejar que abusaran de ella.

Entré en la charca. Era como una hernia del río, una piscina redondeada y límpida; sobre el fondo arenoso nadaban minúsculos peces plateados. Una presa de grandes piedras traídas por el propio río la protegía de la corriente de agua, sin separarla del todo. Me recogí la falda; avanzaba por el río, con las piernas sumergidas en el agua. Estaba fría. Calmaba mi sed bebiendo con el cuenco de las manos. La orilla que daba a la ladera estaba flanqueada por una muralla de adelfas en flor, del mismo rojo, profundo y reluciente como el esmalte, que se reflejaban sobre el agua creando dibujos, matices y claroscuros sobre el verde. La pared de roca que rozaba la otra orilla seguía los meandros del río; ya no cortada a pico e intacta, sino que se plegaba en terrazas excavadas por el hombre. No lejos, bien visible en una ensenada del río, sobresalía, elevándose hacia lo alto, un cilindro de piedra pulido por la lluvia y el viento, una especie de columna de cúspide tronca que surgía del agua. En aquel punto, y por ambos lados, la roca de la cantera no era gris blancuzca, el color dominante, sino azulada; en lo alto llegaba a volverse rosada. Me sentía en un túnel de agua, de luz, de flores y de piedra coronado por el límpido cielo matinal.

Desde lejos divisé una figura: se estaba encaramando sobre la columna. Avanzaba cauta. Seguía una trayectoria oblicua que la apartaba de mi vista. Poco después, sobre la cúspide fueron apareciendo, en primer lugar, un brazo musculoso, luego una pierna plegada, después el tronco y la cabeza. Era un hombre desnudo, de espaldas, magnífico. A los pies de la columna el azul verdoso del río se había trasmutado en un azul intenso. El hombre estaba inmóvil: las manos en las caderas, glúteos de discóbolo, cintura delgada, cabellos lisos que le rozaban los hombros. Un *kuros*. Levantó los brazos y los estiró dibujando un círculo en el aire, luego los dejó caer de nuevo para que colgaran junto a las caderas. Después de una pausa empezó otra vez a mover los brazos lentamente: esta vez los cruzó sobre el pecho y luego los abrió con el movimiento de antes, formando un círculo sobre la cabeza para bajarlos después. Un movimiento sosegado, regular, mágico, como el brote de una flor. El hombre hizo un cuarto de giro, mientras miraba el manantial de agua a los pies de la columna. Muy derecho, con los pies unidos, hombros hacia atrás. Veía nítida, de perfil, su masculinidad magnífica, rematada por una cresta rizada. Un auténtico *kuros*. Cada uno de sus músculos se preparaba para el salto. No, no, morirá, pensé, que no lo intente. La de debajo de la columna era notoriamente la poza más profunda, igual de profunda que de estrecha, acaso excavada por el hombre para formar un embalse aprovechable y luego abandonado. Los músculos palpitaban. Luego levantó los brazos y se lanzó de cabeza. Pensé por un momento que podía ser Bede, pero las dudas sobre la identidad del hombre quedaron sumergidas por una ola de deseo.

De repente, me sentí espiada. Sobre la roca de enfrente, los accesos rectangulares a las tumbas habían sido excavados de dos en dos, como ojos. Y desde dentro, decenas de otros pares de ojos, negros como la pez, espiaban la mañana.

El sonido rotundo del agua cortada por las brazadas me advertía de que el saltador lo había logrado. Intenté divisarlo en vano. El móvil en mi bolsa abandonada en la orilla emitió un triple bip. Un sms de Viola. La clínica de Las Vegas la había aceptado para un programa de cura; era costosísimo, iba a hablar con su padre. Luego, las novedades: Thomas y ella se reunirían con nosotros en Pedrara, esa misma tarde; él venía de Bruselas y ella, de Milán. Volví a meter el móvil en la bolsa. No tenía dinero para pagar el tratamiento de la anorexia, y Alberto no se lo daría nunca. No me quedaba otra que confiar en el tesoro de la familia. Y no me marcharía al día siguiente. Miré a mi alrededor. Pedrara estaba en su periodo de mayor esplendor, la primavera avanzada. Alrededor de mi ensenada revoloteaban mariposas de alas blancas y negras; la orilla era toda ella un hervidero de abejas, libélulas y otros insectos —pequeños y grandes— a la búsqueda de polen. No dejaría Pedrara, aún no. Luego me resonaron por dentro, quedas, las palabras que me habían acompañado desde que las había oído —«Si optáis por quedaros en Pedrara, será por vuestra cuenta y riesgo»— y tuve miedo de nuevo.

El saltador había desaparecido. Habían desaparecido también los ojos de dentro de las tumbas. El cielo era definitivamente azul.

Fui enseguida a ver a la tía para darle la noticia de la llegada de Viola; pero era yo quien quería el consuelo de su mano en la mía, de sus sonrisillas, de sus palabras inconexas. Pina estaba de turno; había hecho que se incorporara en la cama con la ayuda de los almohadones y se había puesto a hacer la limpieza, sin perderla de vista. Le hablé a la tía de mi paseo hasta el río y del saltador, sin omitir nada.

—Le diré a Viola que venga a verlo.

La tía me seguía con la mirada vaga.

—El río, allá. Es un sitio letal —murmuraba—, para todos. No mandes a los chicos allí. —Luego, con ojo avispado, me hizo un guiño—: Allí uno se enamora. —Silencio. Luego—: ¿Dónde está Bede?

—Bede no se ha dejado ver esta mañana —intervino Pina. Estaba escuchándonos.

—Esperemos..., yo siempre he esperado... —decía la tía.

—Pero ¿hasta cuándo? —Sentía necesidad de certezas.

—Cuanto sea necesario. Se espera lo que haga falta. Y mientras tanto disfrutemos de las *cusuzze* nuestras, de nuestras cositas.

—Tía, pero ¿qué dices?

—Que esperes, que esperes. Él vendrá, siempre acaba por venir, hasta el final...

—¿Y cómo sabré que ha llegado el final?

—¡No seas tonta! Cuando se ha llegado al final, uno lo sabe.

En aquel momento oímos un canto, venía de los invernaderos o tal vez de lo alto, no estaba segura. Era un toma y daca, leve, delicado, conmovedor como un estribillo de amor. Un canto de Mali, una vez más.

Con un plumero, Pina quitaba el polvo a los cuadros y a las fotografías enmarcadas en carey que atestaban las paredes, y tenía los ojos fijos en nosotras. El plumero, abandonado a su propia suerte, acababa por acariciar desganadamente el papel de las paredes.

—¡Qué bonito! —suspiró la tía, y me apretó la mano—. De África..., aquí hay africanos.

Pina lo oyó y corrió a cerrar las ventanas. Luego se acercó a nosotras. Era mediodía, la hora de poner a doña Anna sobre el orinal y de darle la pastillita, así lo había ordenado el doctor Gurriero, y me invitó a salir. Miré el frasquito de las pastillas: el médico había escrito a mano la posología, en una etiqueta.

Fui al despacho. Empecé a sacar los libros de las estanterías más bajas; los sacudía para quitarles el polvo y comprobaba que entre las páginas no hubiera papeles o apuntes. Pero polvo no había, era como si hubieran sido tocados y leídos en los últimos meses. Poco después, unos leves golpes en la puerta. Me vigilaban, no me cabía la menor duda.

—Adelante.

Entró Bede. Llevaba una galabeya de algodón verde claro, como sus ojos. Estaba recién planchada, se veían las marcas de los pliegues. Miró a su alrededor y no dijo nada de la pila de libros que había en el suelo. Me anunciaba, para última hora de la mañana, una segunda visita del doctor Gurriero con la familia entera, para despedirse de mí y de Luigi antes de nuestra marcha. Hacia la una llegaría el notario Pulvirenti, para hablar con nosotros tres, los hijos. Ya había avisado a Giulia y Luigi. Dicho esto, Bede hizo ademán de irse.

Quería hablarle. Quería oírlo. No sabía por qué, pero no quería dejarlo marchar. Me atraía.

—¿Cuándo has vuelto?

—¿De dónde?

—De donde estabas anoche.

—Me hablas como me hablaba mi madre cuando tenía trece años —se rió él.

—La tía te estuvo llamando.

—Ya la he visto.

—¿Quién te ha dicho que nos vamos?

—Luigi. Está en el cuarto azul, en la segunda planta. Busca unos chales para llevárselos a su mujer.

—Ya no me voy. Viene Viola y no estaba para detenerla. Y vendrá también Thomas.

—¿El hijo de Luigi?

Bede era hermosísimo de perfil, su tez bronceada descollaba sobre el verde de la galabeya y contra el follaje de la higuera de detrás de la ventana.

—Han querido darnos esta sorpresa. Llegarán esta noche. Nos marcharemos el miércoles juntas, tal vez...

—Entonces, ¿tampoco se marcha Luigi?

—Supongo que no. No sé si Thomas le ha anunciado su llegada.

Bede parecía iluminado por una luz interior. Me atraía. Mucho.

—Vayamos a decírselo juntos —propuse.

Bede lo pensó un momento.

—De acuerdo.

Pasamos ante la alcoba de la tía. Pina salía en ese momento llevándose la cesta de la ropa que había que lavar. Entrevimos a la tía, acurrucada sobre la cama. Llevaba un camisón celeste bien planchado con un gracioso lazo de raso. Ella nos reconoció y empezó a decir:

—¡Bede! ¡Bede, ven conmigo...!

Él se detuvo en el umbral.

—Voy a ver a Luigi con Mara, vuelvo enseguida.

La tía lanzó un jadeo, un «¡No!» desgarbado, violento, que luego se deshizo en llanto.

Bede vacilaba, incómodo. Luego entró decidido. Lo seguí.

Fue derecho hacia ella y se inclinó para hablarle. La tía lo atraía hacia ella. Me quedé a un lado, indecisa sobre si ir a ver a Luigi o esperar a Bede. Pina, entretanto, había vuelto y me conminaba desde el umbral a marcharme. No le hice caso. La tía seguía tirando de Bede hacia ella. Él posó los labios sobre su pelo. Ella le sujetó la cabeza entre las manos y se la empujó hacia abajo, hasta que sus labios se tocaron. Y lo besó. Me alejé de puntillas, luego, en el umbral, no pude evitar el impulso de volverme: seguían aún pegados el uno a la otra. Un rayo de sol caía sobre el pelo de Bede, recogido como de costumbre en una discreta coleta. Brillaba como si estuviera mojado.

Desde el fondo del pasillo, Pina me observaba.

# 17
## *Le cusuzze de la contentezza** 
(Bede)

*Echo de menos el dibujo, Anna. Un espíritu no puede dibujar.*

*Tú te diste cuenta, Mara. Me habías visto. Y tal vez sigas viéndome ahora también, a través de esta nueva lejanía, a través de todo este cielo amigo. Una niña. Una niña curiosa. A qué torbellino te dejaste arrastrar, en aquellos días nuestros de Pedrara.*

Cuando mi madre cosía, no hablaba nunca del presente. Si le preguntaba qué había preparado para comer, o si podía salir afuera a jugar, se sobresaltaba y pestañeaba varias veces, como si la hubiera devuelto a la cocina desde un lugar lejano, donde ella vivía libre y sola, junto con sus pensamientos, sus compañeros de las largas horas de costura. Tan sólo los abandonaba para preparar las hebras, un trabajo que la absorbía por completo. Escogía la longitud más adecuada según la clase de trabajo —largas para el hilvanado, cortas para la costura a mano, ya más sólida— y luego rompía la hebra entre los dientes. Enhebraba el hilo en el ojo de la aguja, después de chuparlo brevemente para formar la punta, luego tiraba de él.

* Las cositas de la felicidad. *(N. del T.)*

Si era un trabajo de hilvanado, hacía un doble nudo a un centímetro del final, para deshilar la hebra rápidamente después de la costura definitiva y conservarla sobre un carrete que tenía aposta para un segundo hilvanado; de lo contrario, para las costuras definitivas, las de puntos apretados y cruzados, hacía un solo nudo, pequeño y robusto.

Mi madre me enseñó a crearme una felicidad que nadie pudiera destruir: los pensamientos del cajetín «del corazón», listos para consolarme en cuanto los sacase. «Piensa en las cosas bonitas e interesantes que viste ayer y antes de ayer, y recuérdalas. Si no se te ocurre nada, mira a tu alrededor y busca algo que te haga sonreír.»

Dejaba la hebra y me señalaba con el dedo índice las hormigas que, con la esperanza de encontrar comida, corrían hacia la esquina donde ella había apoyado la escoba después de haber barrido los hilos caídos por el suelo; dos moscas que volaban juntas en espiral en el momento culminante del cortejo, antes de aparearse; sobre el alféizar, los guijarros de río que poníamos sobre la tapadera de la olla en la que hervían los frascos de salsa de tomate. Y, al otro lado de la ventana, el cielo.

—El cielo es nuestro compañero de siempre. Cada pueblo tiene su propio cielo, y siempre es bonito. Aunque llueva. Nos pertenece a todos, pobres y ricos. Lo peor de ir a la cárcel no es quedar privado de la libertad, pues, total, allí se come, se duerme y hasta te enseñan a leer y a escribir, e incluso se trabaja. Se sufre por la falta de cielo. Así lo cuentan quienes vuelven de la cárcel. El cielo no nos aburre nunca, ni siquiera cuando el sol nos golpea mes tras mes, el color del cielo cambia cada día, *picca*, poco, pero cambia. Por el cielo vuelan las aves, y los aviones. Y por él volaremos todos nosotros cuando muramos, si hemos sido buenos. Os miraremos a vosotros, hijos, desde allá arriba.

Ella poseía unas cuantas *cusuzze,* las cositas que la hacían feliz. De vez en cuando me las enseñaba: una pluma de pavo real rota con la que se hacía cosquillas en la parte interior del brazo, ligeramente, cosa que le gustaba mucho; un cristal de picos en forma de bulbo, regalo de una clienta «fina», que cuando estaba limpio y lo ponías a contraluz despedía rayos y los separaba en todos los colores del mundo; un retal de lana muy suave, regalo de la sastra que la había *'nsignata,* su maestra, que cuando te la pasabas por la mano te daba escalofríos en la piel; y un par de tijeritas *niche niche,* muy chiquirritinas, parte del ajuar de una muñeca de nobles, que cortaban mejor que todas las demás. Siempre que le preguntaba cómo había conseguido aquellas tijeritas, ella se ponía colorada y no decía nada.

Yo también he ido haciendo acopio de mis cosas secretas. Y de los pensamientos. Mi primera felicidad fue el dibujo, al principio con el dedo sobre el polvo que se posaba a mediodía en el suelo que mi madre había barrido y fregado, sobre los cristales de las ventanas y sobre las cómodas de la cocina; luego sobre los papelajos amarillos de la compra, alisándolos con la plancha, empleando los restos de las tablitas de yeso con las que mi madre trazaba las siluetas de las clientas sobre la tela, antes de santiguarse dos veces y cortarla; y por fin, hacia los cuatro años, con cabos de lápiz. Cuando cumplí cinco años, mi hermano Gaetano me regaló un viejo cuaderno suyo que tenía las páginas intactas y un lápiz. Qué alegría más enorme dibujar sobre el papel en blanco. Llenaba páginas de letras y de números, idénticos, que formaban dibujos y figuras, según la disposición y la distancia entre unos y otros. Un trabajo minucioso, del que no me cansaba nunca. Iba al encuentro de la caligrafía, sin saberlo.

*Nunca he dejado de ser feliz cuando dibujaba.*

# 18
# Se hizo justicia
*Lunes, 21 de mayo, a última hora de la mañana*
(Mara)

El doctor Gurriero arqueó una ceja al escuchar que íbamos a quedarnos en Pedrara, pero no hizo comentario alguno; se pasó la mano por la barbilla y le preguntó a Giulia dónde estaba Pasquale. Había salido a dar un paseo y se había dejado el teléfono en casa, contestó ella, no había forma de avisarlo. El médico le habló largo rato, interesándose por las creaciones artísticas de Pasquale, mientras la escrutaba. Pensé que probablemente había intuido cierto malestar en ella. Pietro estaba preocupado. Le contaba a Luigi que la administración municipal había invertido dinero del ayuntamiento de Pezzino en una sociedad financiera radicada en Frankfurt, cuya cotización en la bolsa estaba ahora en caída libre. Yo acompañé a la señora Gurriero y a Mariella a ver a la tía, pero no tardamos en volver: la tía estaba durmiendo.

Mariella era una cháchara constante sobre los chismorreos de Pezzino, del que ella se definía, sin ironía alguna, «la *first lady*». En el pueblo había un gran revuelo a causa de los preparativos del Verano Municipal, una serie de espectáculos que el ayuntamiento, el ente de turismo y la provincia montaban cada año para turistas y residentes. Un nativo del lugar que había hecho fortuna en Argentina había vuelto al pueblo por primera vez después de sesenta años exactos: quería instituir un premio musical con el nombre de su padre. Se discutía si convocar un concurso de baile —en Pezzino había nada menos que dos escuelas y sus habitantes habían ganado muchos campeonatos en la isla— o uno de guitarra, u optar por el único tema del tango. Los concejales y la población se hallaban divididos al respecto. Mariella, apasionada bailarina, habría preferido una competición de baile genérica, para contentar a todos.

—Pero es que no faltan interrogantes sobre este mecenas —contaba, con el tono de quien se las sabe todas—. Su padre, un viudo, murió hace cuarenta años, más o menos, en extrañas circunstancias: asesinado por desconocidos que no le robaron nada, ¡y lo dejaron agonizando con dinero en el bolsillo! —El hijo, ya multimillonario en la época de la muerte, a pesar de haber pagado las exequias y la tumba no acudió al funeral, y mucho menos a la misa de difuntos al cabo del mes—. ¡Se dice que tenía problemas con la justicia argentina! Que había una orden de captura contra él y no podía salir del país. ¡Y que estaba siendo investigado por la policía italiana! —Mariella suspiró—: Sin embargo, debería haber mandado a su mujer y a sus hijos: ¡ninguno de ellos se dignó asistir a las exequias de aquel desgraciado!

Y continuó con la historia: el mes pasado el fulano ese había aparecido en Pezzino, solo, y había montado un gran revuelo. Acudía a los cafés y a los pubs del pueblo, solicitaba entrevistarse con el alcalde y con los concejales y hacía, demasiado tarde, demasiadas preguntas. Les exigía cuentas y razones a Pietro y al capitán de los carabineros, «y hasta a los magistrados», acerca de los motivos por los que los presuntos autores del homicidio de su padre no habían sido arrestados y de la decisión de no celebrar un juicio de verdad. ¡Al cabo de más de cuarenta años!

—Total, se hizo justicia —concluyó Mariella.

—No entiendo —dijo Giulia, que se había acercado a nosotros—, explícate mejor.

—Esos delincuentes se mataron entre sí, durante el festival hippy en la cantera de Pantalica. Los periódicos atribuyeron los homicidios al «monstruo de Pezzino», esa gente siempre la toma con nosotros, pero se trataba de personas de fuera que se mataron entre sí, fue un ajuste de cuentas, durante el festival...

—Entonces, ¿qué quiere el argentino ese? —pregunté yo, y miré a Pietro, quien, pese a estar escuchando a Luigi, no había apartado la vista de Mariella durante toda la conversación y no se perdía una sola palabra. Me devolvió la mirada de refilón y se encogió de hombros; luego siguió hablando con Luigi.

—Dice que el responsable sigue todavía entre nosotros, vivito y coleando. No fue eliminado, y vive tras una identidad falsa. Si alguien lo encuentra y lo entrega a la justicia, se vocifera que el argentino ese donará un millón de euros al hospital...

Y Mariella se embarulló: su marido le había puesto la mano sobre un hombro.

—¡Mariella, ármate de valor y hazle a Mara esa pregunta sobre los zapatos de Corsini que quieres hacerle!

Muy colorada, ella nos contó que se había comprado, para la inauguración de la biblioteca municipal, unas sandalias Corsini, carísimas; de esas que se atan en los tobillos, con tiras de gamuza de color rojo y verde. Los pies de Mariella sudaban y las sandalias habían desteñido y le habían dejado sobre la piel marcas rojas y verdes idénticas a un tatuaje. Tras intentar quitárselas inútilmente, había acabado pidiendo ayuda a una pedicura y por último a un dermatólogo. Ninguno de los tres lo había logrado. Durante tres semanas se vio obligada a calzarse esas sandalias cada vez que salía de casa, y a comprarse vestidos que hicieran juego para sus distintas ceremonias «¡como *first lady!*», dijo, haciéndonos un guiño. Hasta que las manchas se desvanecieron con el sol. Pietro intervino nuevamente: era el momento de irse y quería saber de mí si merecía la pena intentar una causa legal contra la empresa Corsini —por los gastos en que habían incurrido y por la vergüenza que había pasado su mujer— y si había oído hablar de otras clientas que hubieran tenido experiencias parecidas.

Prometí que me informaría.

El notario Pulvirenti se presentó poco después de que su hijo Pietro y los Gurriero se hubieran ido. No le había oído llegar. La suya era una visita profesional, y no tardó en ir al grano:

—Chicos, tan sólo quiero deciros dos cosas —empezó—. Número uno —y se presionó la punta del pulgar entre los dedos—, la situación financiera de las haciendas agrícolas es grave en todas partes, y aquí en particular. Desde un punto de vista legal, los gestores de los seis invernaderos, cuyos contratos de alquiler se negó a firmar vuestra madre durante más de veinte años para quedarse con el dinero en negro, podrían obtener la transferencia del bien en litigio, y no sólo de los invernaderos, sino también de los terrenos circunstante, por usucapión. Una causa que duraría décadas y que os costaría un dineral; un piedra al cuello para todos vosotros, porque Pedrara sería invendible. —Tomó aliento y pasó al dedo índice—: Número dos: os aconsejo que intentéis vender la hacienda a los gestores o a cualquier otro, de inmediato. Un eventual comprador externo debería ponerse de acuerdo con los gestores, y esto influirá en el precio. Cuanto antes os decidáis, mejor.

Bajó los brazos y unió las palmas de las manos, sacudiéndolas: era necesario decidirse cuanto antes. Y nos miraba, uno a uno.

Luigi quiso saber si cabía la posibilidad de hallar compradores con cierta rapidez. El notario se pasó la mano por la frente, pensativo. Luego dijo:

—Podría encontrar un consorcio dispuesto a una inversión de esa clase.

—¿Los hermanos de Bede podrían reivindicar la usucapión? —preguntó Giulia.

—No, no, esos son sólo unos *puvirazzi,* unos desgraciados, empleados y nada más. Obedecen las órdenes de los gestores —contestó el notario. Y se volvió hacia mí—: Mara, ¿tú no tienes ninguna pregunta?

—No, acepto lo que usted dice.

Mi confianza lo tranquilizó:

—Si lo dejáis todo en mis manos, con todos los papeles por escrito, confío en presentarme ante vosotros dentro de un mes con algunas propuestas. ¡Aunque no puedo prometeros nada, eso que quede claro! Pero ya sabéis que haría cualquier cosa por vosotros, os considero como mis hijos... —Luego, en voz baja—: Que quede claro, en todo caso, que vuestra presencia en Pedrara espanta a los compradores. Me han dicho que vosotros dos —y dirigió su dedo hacia Luigi y hacia mí— os quedaréis algunos días más porque hoy llegan vuestros hijos, para ver a la abuela. Os aconsejo que os vayáis todos.

Giulia se maravilló.

—¡No me lo habíais dicho! —exclamó dirigiéndose a nosotros.

—Yo mismo no lo he sabido hasta hace muy poco —dijo Luigi—, ha sido una decisión impulsiva de los chicos.

—Pasquale y yo nos quedaremos para cuidar a mamá —dijo Giulia, con voz firme.

El notario le lanzó una dura mirada.

—Si queréis vender, vosotros dos deberíais iros como los demás, y pronto. —Después se dirigió a todos nosotros—: Bede cuidará de vuestra madre. Tiene en comodato la casa del guarda, y os es fiel. No os preocupéis por él, sabe cuidar de sus asuntos y por respeto hacia vuestra familia no pedirá nada. Aceptadlo, y no lo echéis a perder con vuestro comportamiento. —Luego, hablando de nuevo con Giulia, insistió—: Díselo a tu compañero: cuanto antes os vayáis, mejor será, para él en particular, y para todos los demás. El doctor Gurriero —concluyó— ha sido muy claro a este respecto.

Me puse pálida.

# 19
# El cepo
*Lunes, 21 de mayo, a la hora de comer y por la tarde*
(Mara)

Ya había pasado la una. Estábamos solos. Luigi fumaba y paseaba en torno al cenador, en espera de que la comida estuviera lista. Luego tiró el cigarrillo y siguió caminando con la cabeza gacha, las manos a la espalda. El mechón le colgaba como el pico de un ave. Pasquale no había vuelto y Giulia parecía desorientada. Yo la observaba para comprender si sentía dolor. Tenía que sentirlo. No era posible lo contrario. Era incapaz de decidir qué preparar para comer, pero no quería que yo fuera a la cocina sola. Al final fuimos juntas y preparamos un plato de quesos y una gran ensalada de tomates. Extendí el mantel con la ayuda de Luigi y pusimos la mesa juntos, mientras Giulia traía los quesos y la ensalada. Estábamos a punto de sentarnos, cuando Luigi miró perplejo el sitio vacío de Pasquale.

—¿Dónde se ha metido?

—Lo esperaba para la una. Está buscando una veta mejor de arcilla —explicó ella—, se está retrasando...

—A ver cómo le sienta que tengáis que iros vosotros dos también... —Luigi procuraba mostrarse amigable.

—¡Pasquale y yo no dejaremos Pedrara hasta que hayamos descubierto el escondrijo de las joyas! —rugió Giulia.

Luigi la señaló con el dedo índice:

—¡Tú lo que quieres es ser la primera Carpinteri en morir! ¿Y sabes cómo? ¡A manos de ese monstruo de «compañero» que tienes! ¡Enséñanos los cardenales!

Giulia retrocedió hasta acabar con la espalda contra la pared.

—¡Quítate esa blusa y déjanos ver lo que te ha hecho ese animal!

Justo en ese momento, al final del paseo de las glicinias asomaba Pasquale: iba brincando sobre una pierna, apoyado en Gaetano Lo Mondo. La pernera de la otra pierna estaba manchada de sangre fresca: en torno a la pantorrilla le presionaban los dientes de un cepo. A pesar del dolor, Pasquale llegó hasta donde estábamos y clavó sus ojos de fuego sobre Giulia, que seguía todavía allí, contra la pared. Ella le correspondió con un mirada apagada y se echó a llorar. Luego corrió al interior de la casa.

Pasquale se había metido en una cueva no lejos del invernadero donde el día antes había ido a pedir las fresas y se había tropezado con un cepo. No había logrado liberarse, de modo que había pedido ayuda y había acudido Gaetano precisamente.

—Rápido, hay que llevarlo a urgencias —dijo este dirigiéndose a Luigi—, véngase con nosotros. —Y los tres hombres se fueron.

Giulia vagaba del comedor a la antecocina y después a la cocina, y de nuevo hacia atrás: antecocina, comedor, antecocina, cocina. Muda. Yo la seguía, explicándole lo que le había ocurrido a Pasquale, pero era como si no me oyera. Continué siguiéndola en su circuito cerrado y, mientras tanto, miraba a mi alrededor. No había entrado nunca en la antecocina ni en el comedor; y en la cocina no me dejaban nunca sola, siempre estaba ella o Pasquale, como si quisieran vigilarme. Durante los tres meses pasados en Pedrara habían transformado aquellas habitaciones en un depósito: troncos de árbol, raíces, follaje, bayas, espinas y frutas secas, piedras, cantos rodados, partes de herramientas abandonadas en los campos, hasta una colmena, que Pasquale había recogido en sus paseos. En la antecocina, libros sacados de las estanterías del despacho de mi padre se hallaban apilados junto a tres cestos rebosantes, uno de ropa sucia, el otro de ropa que parecía lavada y lista para planchar y el tercero de un montón de zapatos. Poco más allá, sobre una hoja de periódico, la arena del gato.

Vivían en una sordidez absoluta. Igual que su vida. Estábamos en el comedor, en el que dormían; las lágrimas corrían por el rostro de Giulia. Reconocí su baldosa, en la esquina del recuadro central.

—Os he visto —murmuré señalándola con el dedo—, por el hueco de la cerradura.

La mirada de mi hermana vagaba de mi rostro a mi dedo, a «su baldosa» después, y de nuevo a mi rostro. Luego se tiró sobre la cama. Entre hipidos, declaraba amarlo, y que también Pasquale la amaba. Lo repitió muchas veces. «¡Me ama!» Y cuando encontró espacio dentro de su desorden, y tal vez dentro de la rabia de la vergüenza, encontró también otras palabras. Dijo que sus padres habían abusado de él siendo niño y que no quería más hijos porque temía repetir sus mismos errores: tenía una naturaleza buena, amaba lo bello.

—¿Sabes por qué me ha hecho abortar tantas veces? ¡Tenía miedo de ser un mal padre! Como le ocurrió con el que tuvo cuando tenía apenas veinte años y que ahora está en una comunidad terapéutica. —Giulia explicaba que a veces Pasquale no lograba contenerse y le pegaba, pero que luego se arrepentía amargamente—. ¡Ha intentado suicidarse! —Ahora estaba mejorando. Y ella lo amaba como no había amado nunca a nadie—. Perdónalo tú también —me imploró—, ten compasión de él. —Y luego añadía—: Si intentas separarnos, te juro que me mato. ¡Sólo le tengo a él!

La creía: en Roma, Pasquale la había alejado de forma sistemática de todas sus amistades; y su influjo sobre ella se había acrecentado aún más en esos meses de aislamiento en Pedrara. Giulia, tan unida a la tía, estaba y se sentía sola. Dependía de él emocionalmente. Prometí aceptar sus relaciones con una condición: ella no volvería a permitirle que se comportara con violencia. Si me daba cuenta de que había vuelto a pegarle, lo denunciaría a la policía. Era un pacto y, como cuando éramos niñas, lo sellamos con un «Palabra de honor».

Giulia me permitió palparle los chichones de debajo de sus cabellos rizados. La persuadí para que se tomara un calmante y para que me dejara ver el resto: moratones, hematomas, rozaduras, heridas. Era el cuerpo de mi hermana. Un cuerpo que conocía pero que declaraba ahora su condición ajena. Aquella masacre me asustaba, pero su «Me ama» amortiguaba la intensidad de mis sentimientos. ¿Dónde hemos jugado? ¿Cómo nos hemos hecho tanto daño? ¿Has corrido? ¿Quién te ha puesto así? Ya no éramos unas niñas. Exploré con los dedos, temerosa de hacerle daño, y mi exploración iba siendo marcada por sus «me ama». Ciegos y morbosos.

Desinfecté las heridas de Giulia y extendí una pomada sobre las equimosis. Luego ella, exhausta al final, se adormeció. Me quedé mirándola con pesadumbre. ¿Qué más podría hacer para ayudarla? Y mecánicamente me puse a sacar con el iPhone fotografías de su cuerpo maltratado.

No tenía ningunas ganas de retomar la búsqueda de las joyas de la abuela Mara y salí a tomar el aire junto al cenador. Allí había un juego de agua que me gustaba mucho: flanqueada por tiestos de lavanda, un pilón de mármol rectangular estrecho y bajo estaba dividido en dos canalillos que nacían de una taza de mármol con un alto surtidor, al estilo morisco. Un verano, Giulia y yo recibimos como regalo dos lanchas motoras que iban a pilas, una auténtica novedad para aquellos tiempos. En aquella época, Giulia, muy celosa de Luigi, que era un bebé, no se separaba de la tía y era mi padre quien se entretenía compitiendo conmigo. Se quitaba el panamá, la chaqueta de lino y los mocasines. Se remangaba los pantalones y, con los pies descalzos, entrábamos en los canalillos, siguiendo y animando a nuestras minúsculas embarcaciones, cada una en su carril. Papá jugaba como un niño: «¡Venga!», «¡Corre!», «¡Adelántala!». Aquel día, su lancha motora estaba a punto de cruzar la meta, y él estaba en la taza circular preparado para recogerla antes de que chocara contra el mármol. Y así lo hizo, pero demasiado tarde: las salpicaduras de la fuentecilla le dieron en la cabeza. «¡Papá, cómo te has puesto!» Estallé en carcajadas. Sus hermosos cabellos dorados, normalmente en orden gracias a la brillantina, ahora le caían por detrás de las orejas en dos mechones mojados, revelando la calvicie cuidadosamente oculta. «¡Tienes la cabeza tan pelada como la de los monjes!» Luego me quedé callada, esperando el inevitable reproche. En cambio, él se echó a reír conmigo. «Monje no es tu padre, Mara, no lo olvides. Está envejeciendo, pero no tanto como para no lograr ganarte en el juego». Y me dio su primer y único beso fuera de los rituales y obligados. Cuánto le quise. Me pareció aún más guapo, ahora que sabía.

Saber, conocer, compartir, eso era lo que nos faltaba a todos nosotros.

# 20
# Llegan Viola y Thomas
*Lunes, 21 de mayo, por la tarde*
(Mara)

Una serie de sms me habían anticipado la llegada de Viola y Thomas desde el mismo momento en el que aterrizaron en Catania. Además de la crónica del viaje, «Salimos ahora de la autopista», «¿Qué pueblo es Carlentini?», «Faltan 65 km», «¡Hurra, estamos bajando hacia Pedrara!», Viola me mandaba información en formato Twitter: «Acabo de comerme un bocadillo de salchichón y requesón», «Hace calor y me he quitado la cazadora», «Thomas cree que es celiaco».

Giulia y yo habíamos organizado la cena —pasta con tomate y ensalada de atún y lechuga— y planificado dónde dormirían: Viola compartiría conmigo mi enorme cama; Thomas dormiría en el cuarto que estaba junto al de su padre. Por fin sola, me pasé a ver a la tía Anna.

La encontré despierta, apoyada en los almohadones. Por la radio sonaba el *Après-midi d'un faune*, de Debussy. La mirada vaga de la tía Anna se deslizaba por el cuarto para posarse luego sobre Bede, sentado junto a ella. Él se afanaba con la BlackBerry y de vez en cuando la miraba; el azul oscuro del blusón de lino hacía que resaltara aún más el negro corvino de sus cabellos. Bede pareció sorprendido por mi irrupción, pero impecable, pese a todo, vino a mi encuentro para acompañarme y ofrecerme su sitio. Mientras nos acercábamos a la cama de la tía, me habló afligido:

—Mara, estad atentos para no romper ciertos equilibrios. Son precarios y todo podría derrumbarse para vosotros. No te hagas demasiadas preguntas y fíate de mí: tu tía estará bien cuidada. Marchaos pronto. Cuanto antes. Mañana mismo.

Estaba a punto de decirle que parara de darme órdenes, pero la tía me lo impidió. Había levantado la cabeza y escuchaba.

—Deja... déjanos... ra-ra... pido... —Y le tendió la mano a Bede. Él se la tomó entre las suyas y se quedaron así, cogidos de la mano, como una pareja de enamorados, los ojos de ambos fijos en mí, rechazándome.

Me quedé de pie, sintiéndome no querida. Luego agaché la mirada hacia los frasquitos de las medicinas y advertí que las etiquetas con la posología escrita a mano por el doctor Gurriero cubrían los nombres de los medicamentos. Me fui con un «Hasta dentro de un rato, los chicos llegarán en una hora», pero en la puerta me volví. Bede estaba dándole a la tía una cucharada de jarabe y ella se lo bebía como si fuera un elixir, la mano sobre la muñeca de él, los ojos clavados en los suyos.

El automóvil de alquiler se detuvo ante la villa. Los chicos bajaron y miraron a su alrededor, como si intentaran acordarse de la Pedrara que habían visto durante unos pocos días tan sólo, años antes, cuando Giulia celebró aquí sus cuarenta años. La rotonda en la que moría el paseo estaba delimitada por un alto seto de mirto con pasajes hacia los senderos del jardín. En el centro de la rotonda, una higuera ensanchaba, en forma de cúpula, sus ramas nudosas. Las macetas colocadas a lo largo de la tapia se desbordaban de acantos florecidos.

Thomas se estaba estirando. En la forma como se movía y miraba a su alrededor había algo de vulnerable y de inmaduro que lo hacía parecer más joven de sus diecinueve años. También Viola, mi Viola, parecía perdida: más alta y un año mayor que su primo, de porte distinguido, grandes ojos azules, rostro lácteo enmarcado por una aureola de cabellos cobrizos que le caían sobre los hombros, debería ser una mujer joven en la flor de la juventud y segura de sí misma. En cambio, no se gustaba. Se me encogía el corazón al verla esconder su propio cuerpo bajo pantalones amplísimos y una sahariana con las mangas largas. Los llevé a la casa y les ofrecí un té frío, mientras esperábamos la llegada de los otros dos.

Pasquale, tras haber dado la vuelta a la situación, había regresado triunfante: en urgencias había rechazado la sugerencia de los médicos de coserle la herida con anestesia y pasar una noche en el hospital; con gran valor, aguantó consciente sin rechistar mientras el doctor le daba los puntos. Había vuelto cojeando con una suerte de orgullosa displicencia, como si exhibiera sus propias heridas de guerra. Ahora, atendido por una Giulia toda llena de atenciones, y con la pierna apoyada sobre un cojín, le estaba contando a los chicos —como el amo de la casa— las aventuras de los últimos meses en Pedrara. Los dos jóvenes lo escuchaban fascinados. Pasquale acabó animándolos a unirse a él y a Giulia en la búsqueda del tesoro de la abuela Mara. Era como si Luigi y yo hubiéramos sido proscritos. Deseé con todas mis fuerzas volver a mi terracita de geranios y de cinias, en Milán.

Anochecía. Estábamos bebiendo un vino de pasas frío en el jardín. La luna ya lucía, palidísima. Hacía calor. Viola y Thomas caminaban por los senderos cogidos de la mano, ligeros y diáfanos como duendecillos perdidos. Escuché, de nuevo, los cantos de Mali. En lo alto veía luces en las tumbas comunicadas. Eran linternas; algunas, las más potentes, estaban siempre encendidas; otras aparecían y desaparecían como si alguien caminara entre las tumbas. Se las indiqué a los demás.

—Son luciérnagas —me contradijo de inmediato Giulia.

Se alineaba una vez más con Pasquale. Luigi observó atento la pared de la cantera y luego le dio la razón a ella: luciérnagas. Miramos todos a Pasquale. También él lo confirmó. Luciérnagas.

Disfrutábamos del vino de Pantelleria. Yo me quedé mirando las luces, se desplazaban de aquí para allá. No eran luciérnagas. Eran personas, y caminaban por las cuevas.

Poniéndose serio de repente, Pasquale habló con cierta reluctancia que parecía sincera. Quería ponernos al corriente de algo que le había ocurrido y de lo que no había hablado nunca con nadie, «en caso de que me sucediera algo», añadió con un amplio gesto del brazo. Una mañana se había levantado de madrugada y había salido a dar un paseo, antes de coger el agua de la cisterna. Se había encaminado hacia el bosquecillo silvestre que estaba entre el jardín y la pared norte. Había descubierto un ancho sendero, de tierra batida, bloqueado por un viejo remolque cargado de leña y semiabandonado. Tras subirse en él, había visto al otro lado una carretera de verdad, adecuada para vehículos pesados, que parecía nueva: estaba asfaltada, pero alguien la había camuflado con una capa de mantillo rojo. La carretera llevaba a un ensanche, que acababa contra la pared de roca.

—Concentrémonos en hechos objetivos, en un remolque y una carretera que no lleva a ningún sitio, y no en «luciérnagas», sean de verdad o no. —Y Pasquale se tomó de un trago el líquido ambarino. Luego tendió el vaso a Giulia, quien se lo volvió a llenar, y lo levantó en un brindis—: ¡Por las luciérnagas de Pedrara!

Los otros lo imitaron.

Se habían ido todos a la cama. Viola, sudada, dormía en posición fetal. Yo no conseguía conciliar el sueño y para no despertarla paseaba por la casa. Pasé ante el cuarto de la tía. Bede buscaba algo en el armario; lo veía de perfil, con los cabellos sueltos y su hermosa silueta varonil. Se movía como la tía, con los hombros muy derechos, aunque también suaves, y gestos medidos. Parecía su hijo.

Pensé en Viola y en mí. Madre e hija única, teníamos miedo de hacernos daño, desde siempre. Había vivido la maternidad procurando pedir disculpas a Viola por ser la que era, una mujer poco capaz, que no estaba a la altura de ella ni de mi papel de madre. Había intentado a menudo hablarle con el corazón y nunca lo había logrado. Cada vez que empuñaba la pluma la página se quedaba en blanco. Y luego acababa dibujando un mocasín.

Volví al dormitorio y procuré echar una cabezada junto al montoncito de huesos en el que se había convertido mi hija.

# 21
# El amor de los chicos
## *Lunes, 21 de mayo, por la noche*
## (Bede)

Cual cera por el calor mordida,
cera de abejas santas, me derrito, cuando miro
el lozano vigor de los jóvenes con delicados miembros.

Píndaro, fragmento 123, Snell

*Anna, tú sabías que a mí me hacía falta también el amor de los chicos. Lo aceptabas, porque eras mi auténtico gran amor.*

Me había prendado de Thomas incluso antes de verlo. Desde el momento en que se me dijo que vendría a Pedrara me convertí en prisionero del presentimiento de que acabaríamos por amarnos y de que yo le haría el presente de enseñarle a amar, como habían hecho antes conmigo el profesor Mendolia y más tarde el abuelo de Thomas, una introducción al amor sin sentimientos de culpa y sin hacer daño a nadie.

Había seguido su llegada espiando a través de los listones de las persianas, para saborearlo sin ser visto. Él se había bajado del automóvil después de la hija de Mara, una muchacha demacrada de aspecto lamentable; se estiraba piernas y brazos y miraba a su alrededor, curioso. Idéntico a Tommaso de joven, tal como lo había visto en viejas fotografías. El mismo mechón sobre la frente, el mismo paso oscilante, las mismas manos nudosas. Mara, abrazada a Viola, le decía que su padre no estaba allí para recibirlo y yo noté su mirada insegura, su mueca imperceptible y la contracción de los labios cuando, desilusionado, tuvo un instante de vacilación antes de dar el primer paso para entrar en la villa. Fue entonces cuando sentí un vacío en el estómago.

Me enamoré de Thomas como me había enamorado de su abuelo: desde lejos. Mi padre y yo nos tragamos tres horas largas de viaje, cambiando dos veces de autocar; las paradas eran frecuentes, a veces previa solicitud. Mi padre discutió largo rato con el conductor acerca de la parada más próxima a Pedrara —fue así como aprendí el nombre de nuestro destino— y sobre cómo llegar luego hasta allí a pie. Al final, nos bajamos en el cruce del bosque de San Pietro, en medio de la campiña. Caminábamos uno al lado del otro, abatidos y enmudecidos por lo que había ocurrido. De vez en cuando, mi padre abría la cantimplora; me daba de beber y luego me pasaba un mendrugo de pan. Él, que tenía el paso inseguro, tropezó varias veces en la cuesta que bajaba hasta Pedrara; me pidió que le cogiera de la mano y que fuera delante. Yo, a mis dieciséis años e hijo «al revés», le servía de guía y lo protegía. Llegamos a la verja de hierro del jardín bien entrada la tarde. Nos vimos encañonados como bandidos por los guardas de la villa, con el fusil al hombro y perros ladradores. Aguardamos mientras uno iba a hablar con el amo, el cónsul Carpinteri. Luego nos escoltaron hasta la entrada de la villa. Nunca había visto un jardín y un edificio más grandiosos. Me sentía intimidado.

Alguien abrió desde dentro la puerta de acceso. Nos quedamos parados, sin saber qué hacer. «*Trasìti!*», moveos, dijo uno de los guardas. Mi padre dio dos pasos en el vestíbulo y luego se detuvo. Me señalaba con el brazo extendido el balcón de la planta de arriba. Con las piernas cruzadas y el tronco ligeramente echado hacia atrás, los brazos apoyados lánguidamente sobre la barandilla, Tommaso llevaba una camisa de lino blanco, larga como un vestido de mujer, y pantalones azules. Sus cabellos rubios habían sido alisados con brillantina, pero se le había escapado un mechón que le caía sobre la frente, dándole un incongruente aspecto de chico joven. Nos observaba malhumorado. Sus ojos claros estaban clavados en mi padre. Lo escrutaba. Luego, por fin dijo: «¡Salvuzzo! Pero ¿qué haces aquí?», y bajó las escaleras corriendo para abrazarlo. Hablaban sin parar mientras yo, sin saber qué hacer, observaba las baldosas del pavimento; formaban un ajedrez marrón y beis, con un motivo floral.

Me acerqué ante un gesto de mi padre. Me presentó al cónsul y me explicó que iba a quedarme como huésped suyo camuflado de mujer, como si fuese del personal de servicio, hasta que fuera necesario, a juicio del cónsul. Debía seguirle a él y a su mujer adondequiera que me llevaran. Tommaso se ofreció a acompañarlo al pueblo por la Via Breve —eso fue lo que dijo—, con la condición de que se vendara los ojos para no verla. «¡Señor, sí, señor!», contestó mi padre poniéndose torpemente en posición de firmes. Se rieron y, mientras aguardaban el automóvil, se abandonaron a rememorar sus tiempos de guerra y de encarcelamiento en India. Yo miraba a mi alrededor. Cuánta riqueza en el mobiliario, cuánto espacio vacío, cuántos dibujos de flores y de fruta en los revestimientos de las paredes, sobre los montantes, en el papel pintado y hasta en las tallas de las puertas y en la barandilla de madera de la escalinata que llevaba a la planta superior. El olor a cera fresca de los muebles me embriagaba. Percibí cómo los ojos de Tommaso se posaban sobre mí y allí se quedaban. Le devolví la mirada. Como dos iguales. Nos entendimos, él y yo: estábamos destinados.

Durante el resto de la velada me había mantenido apartado. Había usado el pasadizo interior y la escalera de la hospedería para ir y venir a la alcoba de Anna, donde Nora le hacía compañía. Y por allí volví a subir por la noche, cuando los Carpinteri se habían retirado a sus habitaciones.

—Bete, bene, bepe... —Luego, con un esfuerzo—: Ven... Bede.

Anna me llamaba. Me senté junto a ella.

Le apretaba con fuerza sus manos huesudas; la observaba y escuchaba sus balbuceos incoherentes. Se me partía el corazón al verla atontada por las medicinas que había empezado a suministrarle, y la recordaba alegre, curiosa, sabia, discreta, comprensiva, como lo había sido hasta el año anterior. Mi Anna, que iba a verme a Pedrara cuando podía. Estar juntos allí, a solas, era nuestra mayor alegría. Algunas veces mandaba una camioneta de la hacienda a recogerla al aeropuerto de Catania, de lo cargada de equipaje que venía. La esperaba en el balcón de la sala de la planta de arriba y adoptaba la posición de Tommaso la primera vez que lo vi. Cuando ella entraba en casa, se dirigía hacia la escalera y se detenía en el primer escalón, con la espalda arqueada contra el pilar esculpido de madera, y se tocaba ligeramente el labio con el índice. Yo volaba a su encuentro:

—La casa te esperaba, Anna. Y yo también.

*Sólo tú me traías la felicidad. El amor cotidiano, sencillo, completo.*

Yo aprendía de ella, y ella de mí. Teníamos los mismos gustos, nos reíamos de las mismas cosas, leíamos los mismos libros, comíamos, cocinábamos. Y trabajábamos juntos en nuestro adorado jardín.

También con ella, un mismo destino.

# 22
# «En mis noches, secretamente, reencontrados»

*Martes, 22 de mayo, por la mañana*

(Bede)

Me encargaba del aseo de Anna: la lavaba con la esponja, la secaba con toallas de Holanda, le esparcía talco sobre los hombros y el pecho con una borla, le peinaba el pelo y se lo recogía sobre la nuca en un moño, le aplicaba crema en el cuello y en la cara, luego le masajeaba los brazos y las manos. Mientras tanto, pensaba en Thomas. A Anna le gustaban mucho los masajes. Le reavivaba los sentidos y así lográbamos amarnos una vez más, como en otros tiempos. Anna captaba también el despertar de mis sentidos —enfervorizado, me sentía tan inseguro como indudable era mi loco deseo por Thomas.

—¿Con quién te ves hoy? —me preguntó a bocajarro.

Estaba consciente: me di cuenta de que por la noche me había olvidado de darle la medicina.

—Con nadie nuevo. Ayer llegaron Viola y Thomas.

—Ah, los niños... ¡Cuánto han crecido! —Y se le escapó una sonrisa. Luego, poniéndose seria, añadió—: Thomas es frágil..., ten cuidado.

—Para nosotros dos todo sigue como siempre —murmuré yo mientras le masajeaba el dedo meñique.

—*Nuddu ammiscatu cu nenti...* —repitió ella, y nos miramos. Luego la dejé con Pina y me fui a casa para asearme.

Había escogido con cuidado mi atuendo para el primer encuentro con Thomas: camisa larga y blanca, pantalones azules parecidos a los de Tommaso la primera vez que nos vimos. Y lavanda Atkinsons en el cuello y en el pelo.

Los Carpinteri estaban sentados a la mesa, en la veranda, ocupados con el desayuno. Crucé el jardín dirigiéndome hacia donde se encontraban; noté que una ramita de enredadera que había escapado al control del jardinero había florecido de repente y pendía sobre la mesa, entreverada con el jazmín. El azul cobalto de las campánulas contrastaba con el blanco de los jazmines. Era hermosísimo. Y con todo, provocó en mí un presentimiento aciago; lo aparté. Lo había planeado todo con detalle. Thomas y yo éramos dos extraños, y yo me comportaría como tal. Inicialmente dispensaría el mismo trato a los dos primos: hechizándolos con los *cunti,* mis consejos acerca de su abuelo y de Pedrara. Luego, los tres, por nuestra cuenta, daríamos una vuelta por los jardines; allí encontraría la oportunidad de dirigirme a él directamente, excluyendo a Viola.

Todo ocurrió como lo había previsto; en el momento de llevarme a los jóvenes a los jardines noté cierta incomodidad en Luigi; lo exhorté a unirse a nosotros tres. Tras un breve instante de titubeo, rechazó la invitación. Caminábamos por los senderos umbríos mientras les explicaba a los chicos que su abuelo había cambiado tan sólo el mobiliario del despacho y del dormitorio grande de la villa, dejando lo demás tal cual. En cambio, había transformado totalmente los jardines, inspirándose en la Alhambra de Granada. Se había gastado sumas ingentes para las imponentes instalaciones de fontanería, ocultas a la vista: las aguas del río y de los manantiales que abundaban en la cantera fueron canalizadas y almacenadas en dos torres de agua, de las que bajaban canalillos que formaban cascadas y veneros, discurrían por pilas, tazas y piscinas bajas, borboteaban sobre bancales y canales abiertos, manaban con chorritos finos e incluso con dibujos geométricos. En el mirador, el agua bajaba de un plato circular cóncavo siguiendo un canalillo estrecho hasta alcanzar un pilón central en el que convergían otros tres canalillos idénticos. De lo más simple, y superlativamente elegante.

Thomas había estudiado español en el Colegio Internacional de Bruselas y había pasado dos meses de estudios en Granada.

—La patria de Federico García Lorca —puntualizó.

—Y de los más hermosos jardines del mundo —le hice eco yo. Y les conté que su abuelo había enriquecido los jardines de la villa con cultivos mixtos, como los árabes en el Generalife: unificando huerta y jardín, en una apoteosis de matices de gustos, olores y colores.

—La regla es que cada una de las plantas maduras debe sostenerse por sí misma y que los tallos de las flores no pueden contar con sostén alguno.

Si no era capaz, se animaría a la planta a apoyar ramas e inflorescencias sobre pequeñas columnas, muretes o sencillas piedras, o a dejar que se arrastraran por el terreno o cayeran péndulos desde lo alto. Les indicaba a los chicos los senderos con marquesinas formadas por las ramas entrelazadas de adelfas maduras, verdaderas galerías de sombra, que se sostenían por sí solas sobre recios troncos; la glicinia y el jazmín que formaban sobre los muros un sólido y tupido retículo sobre el que se encaramaban calabacines de apetitosas flores amarillas y otras plantas, en simbiosis osadas y a veces anómalas. Les mostraba en los parterres la feliz cohabitación de albahaca y cinia, pimientos y gladiolos, menta y peonía.

Viola había entrado en un parterre delimitado por un seto bajo de boj. «¡Ven, Thomas!» Y le mostraba los matojos de rosas blancas que descollaban altas entre las flores, igualmente lozanas, de guindillas rojas y berenjenas. Estas últimas tenían hojas muy oscuras y flores delicadas: sus cinco pétalos puntiagudos, de un violeta desvaído y ligerísimo, se disponían alrededor de pistilos de un color amarillo brillante y parecían de papel. Más abajo, en el tupido follaje, pendían pequeños frutos redondeados de color violeta oscuro, todavía acerbos.

—Es como si este jardín se hubiera rebelado a todas las normas de la jardinería —decía Viola.

—La naturaleza se ha vuelto loca —comentaba su primo.

—Ya, contra natura...

Viola recogió una berenjena de color violeta intenso y la puso junto a otra de una variedad distinta e igual de pequeña, pero blancuzca y con una estrella oscura en correspondencia con el peciolo.

—En el fondo, ¿qué significa «contra natura»? —preguntó Thomas, y me miró.

—Lo deciden los hombres para conservar el poder y el control sobre otros hombres, pero nada es contra natura si se produce en la naturaleza, en el mundo mineral, vegetal o animal —contesté yo—. Eso era lo que defendía vuestro abuelo, siempre que no se haga daño a los demás y se proteja a los débiles.

Los primos me seguían cogidos de la mano; cada vez que aminoraba el paso lo aminoraban ellos también. Poco a poco logré controlar el movimiento de sus ojos. Me moría del deseo de monopolizar toda la atención de Thomas, pero él no se apartaba de Viola, sus dedos seguían entrelazados. Subí a largas zancadas hasta el mirador, dejándolos atrás. Desde allí, por detrás de los invernaderos se veían en la vaguada los verdes meandros del Pedrara, que luego se hundían en una garganta subterránea.

Los esperaba apoyado en la barandilla. Viola se alejó, mientras intentaba atrapar una mariposa. Me salió natural recitar unos versos de Kavafis:

Líneas del cuerpo. Labios rojos. Miembros voluptuosos.
Cabellos como tomados de estatuas griegas:
siempre bellos, aunque estén sin peinar,
y caigan un poco sobre las frentes blancas.
Rostros del amor, como los deseaba
mi poesía... en las noches de mi juventud,
en mis noches, secretamente, reencontrados...

Thomas escuchaba. Luego nos alcanzó Viola y retomamos el camino. Yo no dejaba que languideciera la conversación, y Thomas permanecía a mi lado. Viola nos seguía, ligera. Yo le hablaba a Thomas de los esfuerzos de su abuelo para hacer más productivos los campos, de su amor por la belleza y por el arte, de su falta de prejuicios a la hora de perseguir lo que consideraba adecuado para él, aunque fuera a contracorriente. Había dado en el blanco. Thomas y yo ahora nos mirábamos. Me detuve en otro rincón del mirador, desde el que se veía perfectamente la estructura de la villa. Realizada en época fascista sobre un proyecto *fin-de-siècle*, estaba adosada a la torre medieval; yo procuraba que los dos chicos se fijaran en los seis invernaderos construidos por el abuelo y ocultos por una fila de cipreses para no desfigurar el paisaje, en las necrópolis excavadas en la roca, en los olivos seculares y en la profusión de adelfas, que proliferaban por doquier, todas del mismo color rojo.

—¿Se puede subir a la torre? —preguntó Thomas.

—La terraza entre las almenas es segura. Las plantas interiores se han dejado tal cual. Pero es peligroso aventurarse dentro. La escalera exterior, de caracol, podría sostener a una persona de poco peso. Se apoya casi totalmente en las glicinias, que, deslizándose en la estructura de metal, la han arrancado del muro y la sujetan con sus propios asideros a las verjas de las ventanas. Ahora son las glicinias las que sostienen firme la escalera, y no al revés.

—Eso no es para mí, padezco vértigo —declaró Viola.

Thomas no le hizo caso y continuó:

—Veo una tienda allá arriba, ¿qué es?

—Un pabellón, con un tejado en buenas condiciones. Tu abuelo guardaba en él sillas y mesas y hasta algunos sofás. Le gustaba refugiarse allá arriba, por la noche, para beber y fumar. La vista es de las que quitan el aliento.

Thomas se había apartado de Viola, y ella había pegado la mano, de la que su primo se había desasido, a la bandolera de la bolsa. Yo había obtenido lo que más deseaba: la atención de Thomas, toda, en perjuicio de Viola. Los acompañé a la villa hablando tan sólo con él. Ahora ya era mío. Le hablaba de cuánto me había ayudado su abuelo en Alejandría, de su sugerencia de que estudiara caligrafía y más tarde la lengua árabe, de la gratitud que me unía a él y de la amistad que se había instaurado entre nosotros a pesar de los treinta y nueve años de diferencia. Y se lo repetí de nuevo, «treinta y nueve años», hasta que Thomas acabó diciendo con un hilillo de voz:

—Más o menos, la misma que hay entre nosotros dos.

—Más o menos. —Y dejé caer la conversación.

Al pasar por delante de la torre, Viola se percató de la cisterna.

—¿Cómo es que se halla aquí? —preguntó.

Le expliqué que era una dependencia de la torre, bajo la que estaba englobada a medias: de esta manera, en caso de asedio, los habitantes habrían podido recoger agua sirviéndose de una trampilla. Los chicos se sentaron sobre la tapadera en forma de media luna y comenzaron a charlotear sin pausa. Con los ojos clavados en los ojos del otro, con sonrisillas de complicidad. Thomas me había abandonado, había vuelto con Viola.

Los celos me estaban devorando vivo. Desde las vísceras me ascendían los amargos versos de Safo, pero ni la lengua ni los labios lograban formar aquellas palabras dolientes.

> Me parece que es igual a los dioses
> el hombre aquel que frente a ti se sienta,
> y a tu lado absorto escucha mientras
> dulcemente hablas
> y encantadora sonríes. Lo que a mí
> el corazón en el pecho me arrebata;

apenas te miro y entonces no puedo
decir ya palabra.
Al punto se me espesa la lengua
y de pronto un sutil fuego me corre
bajo la piel, por mis ojos nada veo,
los oídos me zumban,
me invade un frío sudor y toda entera
me estremezco, más que la hierba pálida
estoy, y apenas distante de la muerte
me siento, infeliz.

Sobre la tapadera de la cisterna, el terrible juego amoroso de dos mantis.

## 23
## El enfrentamiento de Bede con sus hermanos
*Martes, 22 de mayo, por la mañana - 10.00 horas*
(Bede)

*Anna, ya sabes tú que yo siempre he rehuido la violencia incluso cuando me la imploraban.*

Volví a casa exhausto. Durante la caminata por los jardines con los nietos de Anna me había sentido mentor, y casi padre, en relación con Thomas.

Vi de lejos, delante de la puerta de casa, una rama de adelfa. No la había llevado allí el viento. Y comprendí. Me encerré con llave para que nadie me molestara. La excitación por la conquista de Thomas había desaparecido, así como la pena sorda de tener que sedar a Anna, quitándole las escasas gotas de conciencia que aún le quedaban. Pensamientos incoherentes y recuerdos sueltos se sucedían en mi cabeza; luego desaparecían, y en aquel vacío, inexorable, penetraba la escena del domingo por la tarde, en el matorral de adelfas.

La visión del joven negro atado y arrojado a las hojas de adelfas había vuelto a atormentarme. Los Números me habían encargado que vigilara los paseos de Mara al aire libre. Aquel domingo ella había salido de los jardines y se había aventurado por la espesura que la separaba de la Via Breve. Yo la seguía de lejos, fingiendo estar absorto en otros asuntos; con el cuchillo de poda cortaba una rama muerta, desvastigaba una planta. Mara era la predilecta de Anna y, sin embargo, de ella yo sabía poco, mientras que las vicisitudes de Giulia y Pasquale me eran bien conocidas. La vi entrar en un matorral de adelfas; hablaba con alguien, en francés. Yo escuchaba. Era un «huésped» de Mali, que había recibido un castigo muy duro —atado de pies y manos, inmerso después en los excrementos— por haber desobedecido. El principio de no interferencia en las competencias de otro Número era fundamental: no era «cosa» mía y lo aceptaba. Cuando Mara lo dejó para volver a la villa, me acerqué. Por pura curiosidad. El joven había sido arrojado a un camastro de adelfas frescas, cortadas con un solo objetivo: al contacto con la piel desnuda, el veneno de las adelfas empezaría a penetrarle en el cuerpo causándole vómitos, dolores y al final la muerte —una tortura intolerable. Sin pensármelo siquiera, me acerqué por detrás, le corté las ligaduras y hui. *«Merci, madame»*, dijo él. Cuando estuve lejos, miré hacia lo alto. Me hallaba a la vista de los guardianes apostados en las tumbas.

Esa misma noche me había telefoneado Gaetano.

—Ven a verme enseguida.

Le contesté que me tocaba pasar la noche con Anna.

—Eso da igual, tú vente.

Con sus ganancias, mis hermanos se habían construido, en los lindes del bosque de San Pietro, dos chalecitos muy confortables, idénticos y con los jardines colindantes. Me esperaban solos, delante de la casa de Gaetano. Me llevaron al jardín, debajo de los almendros, para que no nos oyeran los demás.

—¿Qué narices le has hecho al maliense?

Fue Giacomo, el hermano más benévolo y paciente, el padre de Nora y Pina, quien me interrogó.

No quise contestar. Giacomo repitió la pregunta:

—¿Qué narices le has hecho al maliense?

Y levantó los párpados lacerados, como los de nuestro padre. Sus ojos lo decían todo.

—¿Tú sabes lo que me hizo ese tío, a mí, la otra mañana? —intervino Gaetano, agresivo.

Meneé la cabeza.

—¡Antes de soltarlo, pregunta, coño!

Y Gaetano me contó el gesto de insubordinación del africano, y su falta de respeto hacia él, el responsable de los invernaderos, delante de todos los demás. Yo le escuchaba.

Giacomo volvió a hablar.

—¿Es que no te das cuenta de que tenemos que cuidar a cientos de tíos como ese, darles de comer, tenerlos ocupados con el trabajo y luego mandarlos a donde tengan que ir, bien rollizos y con buena salud? —Era fundamental mantener el orden, hacerse respetar, instilar obediencia—. No tenemos guardas y ni siquiera vigilantes. Nos encargamos de todo nosotros, y somos pocos. Somos un puñado de moscas contra todos ellos. ¡Podrían matarnos fácilmente, sin necesidad de cuchillos ni de pistolas, con sus manos nada más!

—Para mantenerlos bajo control tenemos una sola arma: la certeza del castigo a la mínima infracción —dijo fríamente Gaetano—. Hace falta un castigo ejemplar para la peor de las infracciones: la insubordinación. La falta de respeto. ¡Y ese castigo fue establecido por el Número Uno! —Levantó la voz—: ¡Es el miedo, no el uso de la fuerza, lo que mantiene el orden en Pedrara!

Giacomo intervino:

—Ese maliense de los cojones es de familia rica, en su país. Podría convertirse en cabecilla de una rebelión, en Pedrara. —Luego dijo, en voz baja—: Y todo por ir a cagar cuando les apetezca a ellos. —Suspiró—. Era un rebelde. Podía causarnos daños enormes, hacer que acabáramos todos en la cárcel. El castigo debía ser ejemplar.

—Así debe ser —aprobó Gaetano.

—Ejemplar —repitió Giacomo—. No quedaba más remedio. —Me miró fijamente a los ojos—. Te han visto cortarle las cuerdas.

—¿Por qué castigarlo así? Hay otras formas. Y, además, ¿por qué no cambiáis el sistema de mandarlos al váter? Es poca cosa. —Por fin me había decidido a hablar.

—¡No es asunto tuyo, tu opinión no cuenta una mierda! —me agredió Gaetano.

—Debía ser castigado —insistió Giacomo, y prosiguió—: Por la noche, los que lo habían atado fueron a verificar la situación. No estaba allí. Les preguntaron a sus negros de confianza: y todos dijeron que habías sido tú quien lo había liberado.

—¿Qué pretendéis hacer? —pregunté a mis hermanos.

—Te lo preguntamos a ti. ¿De qué lado estás?

No contesté. Gaetano habló con una voz extraña:

—¿Es que no te das cuenta de que con cosas así acabarás por conseguir que te maten? —Se pasó una mano sobre la frente. Luego me miró—. Lárgate.

Tenía los ojos húmedos. Me dio la espalda y se alejó con pasos lentos. Caminaba siguiendo la hilera de almendros, como si se dispusiera a hacer una estimación de la cosecha. Las almendras verdes, ya formadas y pulposas, relucían bajo los últimos rayos del sol como las olivillas de Sant'Agata que se venden en las pastelerías de Catania.

—Nadie te puede salvar, ¿es que no lo entiendes?

Giacomo lloraba. Y yo también. Nos quedamos así de pie, sin tocarnos. Era su deber informar al Número Uno.

Durante dos noches, tumbado a los pies de la cama de Anna, no hice otra cosa más que dar vueltas y vueltas. Me preparaba para lo inevitable: la convocatoria a juicio. Vigilaba la BlackBerry: ningún mensaje. Excluía que mis hermanos no hubieran hablado, porque de haber sido así, lo habrían hecho en su lugar los negros que se habían pasado al lado de los Números, los que me habían visto y les habían informado; no hay nadie más feroz que quienes traicionan a su propia gente. Llegados a ese punto, los tres habríamos sido procesados y castigados. ¿O habrían logrado tal vez mis hermanos persuadir a los otros Números para aplazar el juicio? Me aferraba a esa tenue esperanza.

*De vez en cuando te miraba, Anna. Tú también tenías el sueño inquieto, te agitabas, tosías, te llevabas las manos a la garganta, como si te costara tragar. Estábamos en sintonía, tú y yo, aunque durmieras.*

# 24
# La convocatoria del Número Uno

*Martes, 22 de mayo, por la mañana - 11.00 horas*

(Bede)

Me disponía a ir a ver a Anna para darle su medicina, cuando llegó la convocatoria del Mudo: el Número Uno me esperaba. El mensaje de la rama de adelfas había sido claro. Volví atrás y me dirigí a paso ligero hacia la Via Breve.

La motocicleta se encaramaba sobre las oscuras curvas como si tuviera memoria propia y las reconociera una a una. A la salida del túnel sustituí el casco por la capa y la máscara que el Mudo me ofrecía y entré en la sala de reuniones.

Sentados a la mesa estaban el Número Uno con el Número Siete, Brighella, el comprador libio. Un suspiro de alivio: mis hermanos no estaban allí y, por lo tanto, no habían hablado.

—Nuestro amigo común, aquí presente, quiere confirmación de que los dormitorios para los huéspedes están preparados.

El Número Uno iba con prisas.

—Exacto, para doscientos. En las cuevas de pasillo, como si fuera un piso subterráneo. Cada una, con cinco a ocho cuartos, cuatro huéspedes en cada uno, con váter común en el vestíbulo o en una cueva aparte adyacente.

—¿Dónde comen? —quiso saber el Número Siete.

—En las tumbas comunicadas. Cuarenta comensales por turno, comida vegetariana, productos frescos y de calidad.

—Número Tres, te insisto en que se trata de huéspedes distintos a los demás, gente de cierto nivel, que no son *puvirazzi*, unos muertos de hambre —puntualizó el Número Uno.

El Número Siete agachó la cabeza.

—Pagan muy bien. ¿Has preparado la información en árabe con todo lo que tienen que saber?

—Sí, y también todo lo de los laboratorios subterráneos, con las indicaciones de las tareas para quien quiera trabajar allí.

—Mucho cuidado —intervino el Número Uno—. Los papeles y los mapas deben ser leídos y memorizados y luego devueltos al personal de servicio.

—Desde luego. Pero los vigilantes deberían ponerlos a disposición de quien se los pida una segunda vez, para refrescar la memoria. —El tono del Número Siete era el de alguien que no toleraba la disconformidad.

—Así se hará —contestó el Número Uno—. ¿Hay más preguntas para el Número Tres?

El Número Siete no dijo nada y él apretó el timbre que había debajo de la mesa.

El Mudo acompañó al Número Siete fuera de la sala. El Número Uno seguía en su sitio: quería decirme otras cosas. Se acariciaba la barbilla.

—¿Estás en condiciones de confirmar que el compañero de la hija menor estará fuera de la casa dentro de cuarenta y ocho horas?

—No puedo garantizarlo, pero lo intentaré. Creo que podré conseguirlo.

—Entonces decido yo. —Y el Número Uno siguió hablando con sosiego—. La anciana será hospitalizada próximamente en la clínica del Santísimo Sacramento de Siracusa. —Era lapidario: esa misma noche se le aumentaría la sedación—. Quiero que nosotros dos nos entendamos sin posibilidad de equívocos —dijo luego, silabeando las palabras—. La anciana no regresará a Pedrara hasta que los hijos y el compañero de la hija menor se hayan marchado definitivamente, llevándose consigo todas sus cosas. Todas, no quiero que quede allí ni un alfiler siquiera. Haremos imposible su regreso. —Y calló—. Mañana por la mañana —continuó—, la menor y su compañero encontrarán una bonita sorpresa en la terraza.

Hice ademán de marcharme. El Número Uno me observaba. Me detuvo con un gesto imperioso.

—Espera.

Me volví a sentar y crucé las manos sobre la mesa.

—¿Por qué lo hiciste, el domingo pasado, por qué cortaste las cuerdas que otros habían atado? —Fue derecho al grano.

—Estaba siguiendo a la hija mayor, como habíamos acordado. Ella había hablado con el maliense, ya sabía demasiado; luego se fue a buscar ayuda a la villa, no tardaría en regresar de la casa con los hombres. El negro se iría de la lengua y su historia acabaría en los periódicos, todo, y nosotros con él.

—¿No pensaste en llamar al Número Cuatro, que es el responsable directo de ese individuo?

—No se me ocurrió.

—Muy mal. —El Número Uno se llevó de nuevo la mano a la barbilla—. ¿Por qué?

—¡Era un castigo cruel! ¡Un sufrimiento atroz, innecesario! —estallé.

—¡¿Qué pasa, Número Tres, es que te has convertido

ahora en juez?! ¡¿Te pones en mi lugar, en lugar del Número Uno?!

—Lo hice sin pensar, ya te lo he dicho. Pero la crueldad gratuita hay que evitarla.

—¿Quién decide lo que es cruel, tú o yo?

Titubeé.

—¿Qué otra cosa hubiera podido hacer? —reflexioné—. Me quedaban escasos minutos antes de que llegaran los demás.

—¡Ahí te quería ver! —La voz del Número Uno resonó triunfante—. ¡Prender fuego, Número Tres! Eso es lo que tendrías que haber hecho, prender fuego a todo! Con la cantidad de hojarasca que hay por allí... Esos *babbasuna,* esos tontos del culo se habrían asustado con las primeras llamas, y se habrían largado a casa. El fuego oculta cualquier rastro. Purifica, esteriliza. ¡Número Tres, el fuego lo soluciona todo siempre!

No parpadeé, esperaba.

—Debes llevar a término la tarea: librar Pedrara de los Carpinteri, de todos. Y vender la hacienda entera. Tengo que pensar en un castigo. —Y se levantó.

Al pasar a mi lado, se detuvo. Me miraba. Cogió el paquete de papel oscuro que le había llevado y se fue. Yo oía el pesado resonar de sus pies planos.

Me quedé sentado a la mesa solo; ni siquiera pensé en quitarme la máscara de Pantaleón.

Maldecía mi destino. Nada de todo esto habría ocurrido nunca si Tommaso no me hubiera revelado el secreto de la Via Breve.

Se me había pasado la euforia de los primeros días en

Pedrara, cuando la amplitud de la villa y de los jardines, la abundancia de libros para hojear y leer y la excitación de ser objeto de las atenciones de Tommaso me habían intoxicado. Me sentía solo y distinto a todos los que tenía a mi alrededor: campesinos, guardas, personal de servicio. No sabía qué iba a ser de mí; el arrepentimiento me quemaba por dentro. Quería volver a casa.

Tommaso me prometió llevarme a un lugar secreto, en el altozano, donde en un futuro podría reunirme con mis padres. Se llegaba hasta allí a través de la Via Breve, secreta también.

Atravesamos los jardines y luego la espesura que los separaba de la pared norte de la cantera. Tommaso caminaba pegado a la roca; observaba tanto la pared como la villa, de la que tan sólo veíamos la torre. Luego se detuvo.

—En línea recta nos hallamos exactamente enfrente de la torre, recuérdalo —dijo, y verificaba la posición mirando la torre y palpando la pared. Apretó un botón oculto y una puerta de piedra se abrió despacio, silenciosa.

Uno al lado del otro, con los pies en la podredumbre, los labios y los ojos humedecidos por la oscuridad más absoluta, aspirábamos el hollín que bajaba de los altos y estrechos tragaluces junto con un atisbo de luz. Los dedos de Tommaso encontraron el gancho del que colgaba una linterna. Estábamos en un vestíbulo tan alto y amplio como la nave de una iglesia. Luego un resplandor, más abajo: radios y llantas de ruedas, plateados. Aparcada contra la pared nos esperaba una Triumph Trident, negra y cromada, con el depósito color naranja, los intermitentes del mismo color, los amortiguadores de muelle como patas plateadas dobladas y dispuestas a lanzarse.

—¿Te gusta? —me preguntó Tommaso, y acarició el largo asiento de piel negra—. Sube.

Monté detrás de él y le ceñí la cintura con los brazos. Encendió el faro, apuntando hacia la enorme boca de un túnel que ascendía en espiral. La Triumph partió con un estruendo. Se encaramaba veloz sobre las curvas del túnel. A intervalos regulares, en las paredes habían sido excavadas aberturas que parecían habitaciones, algunas grandes, para dejar herramientas o maquinarias; otras pequeñas, como cuartitos. Algunas estaban iluminadas por tragaluces por los que penetraban láminas de luz. En pocos minutos llegamos al depósito ferroviario en el bosque de San Pietro: desde allí se llegaba a Pezzino en poco más de una hora de automóvil.

Y me maldije otra vez por haber pedido consejo al notario Pulvirenti, cuando, a mis veinticinco años, fui a Pedrara por solicitud de Anna. Ocurrió por necesidad. Al final de la década de los setenta, Tommaso se reincorporó a Roma. Había alquilado un ático en el barrio de Parioli y lo había decorado junto con Anna, sin reparar en gastos. Pero allí estaba poco: se encontraba más cómodo en los países árabes y, con una excusa u otra, regresaba a Egipto a la menor ocasión. A menudo pasaba el fin de semana en Pedrara, donde se le había metido en la cabeza levantar invernaderos para la producción de fresas. Durante aquel periodo había aumentado el consumo de droga. Anna, que nunca llegó a encontrarse a gusto en Roma, estaba muy sola. Se consolaba gastando para ella y para sus hijos, y dedicándose a las obras de caridad bajo la égida del Vaticano y de monseñor Bassi. Los Carpinteri vivían por encima de sus posibilidades. Tommaso no discutía de finanzas con Anna y ella no preguntaba nada.

Cuando surgían problemas de dinero —el sueldo de los diplomáticos en Roma era muy inferior a la asignación que recibían en el extranjero—, él recurría a préstamos del banco o vendía objetos de valor. Yo también me había trasladado a Roma, a un apartamento de alquiler; trabajaba como intérprete y organizaba congresos. Pero seguía viendo a menudo a Tommaso y a Anna. A él lo notaba irascible y veía que descuidaba a su familia; ella sufría mucho, pero no me dijo nunca nada.

Después de la muerte de Tommaso, Anna fue a Pedrara. Volvió destrozada. La gestión de los invernaderos, de los que se ocupaba tan sólo él, llevaba años con pérdidas; los tunecinos que trabajaban allí, nada más enterarse de la muerte del amo, habían arramblado con todo: se habían llevado las plantas, los sacos de abono, los mostradores, todo. Faltaban las herramientas; el tractor había desaparecido. Anna se veía obligada a sostener a la familia con la pensión de Tommaso, que no le permitía mantener la casa en Roma, a las hijas todavía estudiando y a Luigi en el internado. El notario Pulvirenti le había hablado con vaguedad, aludiendo a cultivos «algo especiales» en los que Tommaso estaba interesado, y se había puesto a su disposición, llegado el caso, para aconsejarla. Ella, que nunca se había ocupado de negocios, estaba confusa. No se sentía capaz de encargarse de Pedrara. Sus padres habían muerto y no se hablaba con su hermano; estaba sola. Me pareció lo normal ofrecerme para ayudarla, y ella me pidió que me pusiera en contacto con el notario.

La carreterilla estaba en mal estado y las obras para

arreglarla costarían una fortuna. Le sugería al notario que la Via Breve era una alternativa que habría que considerar. Él no la conocía, quiso saber del túnel, de las cuevas, de las tumbas y de la red de pasillos subterráneos que horadaban toda la cantera. Después se rascó la cabeza. Anna podía utilizar los terrenos agrícolas, los invernaderos y los espacios subterráneos de la forma que tal vez llegó a concebir Tommaso, pero que nunca puso en práctica «por incapacidad». Y me explicó lo que tenía pensado. Se lo referí a Anna; ella me escuchaba, pensativa. Luego habló, evitando mirarme:

—De acuerdo. A condición de que seas tú quien vaya en mi lugar a Pedrara. No quiero saber nada de esos cultivos sugeridos por el notario, encárgate tú. Es cosa de hombres. —Sus ojos me miraban fijamente, húmedos—: ¿Lo harías, por mí y por los niños?

Y yo, como siempre, la obedecí.

Me fui a vivir a Pedrara y las actividades de los Números garantizaron a los Carpinteri una vida de bienestar. Anna se contentaba con el dinero que recibía cada mes y no hacía preguntas.

Habían pasados treinta años y Pedrara requería nuevas inversiones a largo plazo y una estabilidad que la salud de ella no garantizaba. Los Números temían que, a su muerte, alguno de los hijos quisiera ocuparse de Pedrara en mi lugar. Era necesario que Anna lo vendiera todo a un testaferro, de inmediato. Para obligarla a ello, empezaron a escatimarle el dinero, con la excusa de que los beneficios habían disminuido. Yo hice de todo para persuadirla de que vendiera.

—He sido tan feliz en Pedrara contigo —me contestó ella. Y luego, inflexible—: No podría hacerlo nunca.

Entonces les sugerí a los Números que dejaran las cosas como estaban y reemprendieran los pagos mensuales, no sería por mucho tiempo: Anna se deterioraba día a día, y sus hijos acabarían vendiéndolo todo al comprador que les indicaran las personas de confianza que conocían en Pedrara, eso era indudable. Pedirían consejo al propio notario. Los Números no me hicieron caso: había que doblegar a «la anciana», como ellos la llamaban. Y Anna los sorprendió a todos trasladándose a Pedrara. Su llegada junto con Giulia y Pasquale desató todas las alarmas. ¿Acaso esos dos pretendían establecerse para siempre en la villa? ¿Luigi, el único varón, lo heredaría todo?

Yo no quería que Anna dejara Pedrara.

La motocicleta me esperaba hacía un rato, ya estaba colocada cuesta abajo. El Mudo acariciaba el depósito y el manillar, los «sentía» como sólo saben hacerlo los verdaderos centauros. Un apresurado «perdona por el retraso» y monté.

Cabalgaba la Triumph como abrazándola y ella respondía a mis órdenes como si fuéramos una sola cosa: carne, huesos y metal. Se había convertido en parte de mí. Me adhería perfectamente al depósito, los dedos firmes en las manoplas negras. En una fracción de segundo alivié la presión sobre el acelerador y tomé la primera curva sin frenar: era la única, junto con la última, sin pendiente. Cada una era distinta de las otras. Las conocía una por una, recordaba cada metro de la pista, cada tragaluz, cada cavidad.

De niño cerraba los ojos y daba algunos pasos a ciegas por las aceras, en los patios y dentro de casa: eran espacios que conocía bien y, sin embargo, no lograba orientarme con los ruidos y las distancias: tenía miedo. Eso me excitaba y al mismo tiempo me desestabilizaba. Algo más mayor, cuando iba en bicicleta o en ciclomotor, cerraba los párpados para sentir el escalofrío del riesgo y por la satisfacción de haber «visto» con los ojos cerrados, gracias a la memoria y a los otros sentidos, evitando lo peor. Era mi ruleta rusa.

La moto se deslizaba siguiendo la espiral. El juego de la oscuridad y de la luz se hacía más osado a medida que aceleraba. Las sombras de la curva se disipaban, cambiaban de forma y de espesor bajo el deslumbramiento del faro y de las franjas de luz que penetraban, cortantes, por los tragaluces. Estaba en la zona de oscuridad más profunda. Allí se abría un cuarto que Tommaso había equipado como un camerino. Fue allí donde gozamos por primera vez de nuestra intimidad, de nuestro incontaminado placer, en la oscuridad y en un absoluto aislamiento. Nos amamos mucho, Tommaso y yo.

Tommaso había muerto apenas pasados los sesenta, de repente: una apnea demasiado prolongada, un juego erótico que había acabado mal. Yo tenía veintiséis años y me había sentido responsable de la felicidad de Anna. Ahora ya no estaba en condiciones de garantizarle esa felicidad. Obedeciendo un impulso, apagué los faros y apreté el acelerador. No era una bravuconada. Quería que fuera el final. Mi final. Derrapé; luego retomé el control. Estaba a mitad de camino, donde las espirales eran todas parecidas. De nuevo, la oscuridad más absoluta. Cerré los ojos, me dejaba conducir por la moto y giraba en las vísceras de la roca en ciega sintonía con la motocicleta. Sentía el motor y, como los murciélagos, me orientaba con el eco que señalaba las distancias. Si me equivoco, pensaba, no lamentaría estrellarme contra la roca.

Derrapé de mala manera.

Luego, el grito: «Bede, Bede, Beduzzo mío...». Anna me quería.

Volví a encender los faros y con un viraje devolví la moto al centro del túnel.

## 25
## Una carta jamás escrita
*Martes, 22 de mayo, por la mañana*
(Mara)

Los chicos acababan de alejarse, decididos, con Bede. Luigi y yo estábamos solos. Desde su llegada, yo no había parado de pensar en nuestra familia y en nuestras relaciones. Me armé de valor y le dije:

—Nosotros dos nos queremos mucho, pero nuestra relación no ha alcanzado la madurez. Es tan difícil... Deberíamos hablar de nosotros, como adultos, y del futuro de nuestra familia y de Pedrara. Pensaba en escribirte... ¿Tú qué piensas?

Luigi se levantó de golpe y fue a ponerse ante la vidriera, de espaldas:

—Ahora no, por favor, sería demasiado. No lo soportaría.

La vuelta de Giulia con una cafetera humeante resultó un alivio. Anuncié que me iba un rato a ver a la tía y los dejé allí.

Pina había fregado el suelo; en espera de poder entrar, yo deambulaba por el pasillo. Miraba distraídamente la exposición de cajitas y de estuches de *cloisonné* sobre las repisas de las paredes para elegir las piezas que me llevaría a Milán. Pero mentalmente anotaba los argumentos y cómo formularlos en la carta a Luigi.

Era una tarea difícil y penosa: yo dibujaba y creaba modelos, escribir no era lo mío. Luigi y yo éramos ambos buenas personas, amábamos a nuestros hijos. Y, sin embargo, no habíamos sido buenos padres, porque nuestros sentimientos no habían alcanzado la madurez. En nuestra familia regía la cultura del no hablar, no pedir, no saber. Y por ello, tanto en el amor como en el trabajo, Luigi y yo nos habíamos limitado a ir tirando, nada más: no éramos personas felices. Por el contrario, Giulia, en la degradación de su vida, tenía destellos de felicidad; ella se hacía preguntas sobre la familia, sobre Pedrara.

Cogí en una mano un cuenco chino con dos dragones de fauces abiertas que se miraban. «Nosotros dos tenemos miedo a la verdad», me imaginaba escribiéndole a Luigi. «Tú tienes dudas sobre la sexualidad de nuestro padre y de sus hermanos; y sobre la de tu hijo. Me preguntas por Bede: Bede es un enigma, desde siempre. Pero empiezo a entender que los cimientos de su relación con mamá son sólidos: tienen algo de sano, de limpio.» Devolví el cuenco a su trípode de madera negra y miré hacia fuera. «¿Y si habláramos con Bede?» Esa era la pregunta que debía hacerle a Luigi, la llave del secreto. Me invadió un angustia pesarosa.

Pina me tocó el codo: intentaba decirme que ya podía entrar.

—Doña Anna está mucho mejor.

La tía me esperaba: preguntó por Viola; se quedó preocupada cuando le dije que estaba fuera, pero le brotó una sonrisa de aprobación cuando supo que estaba con Bede y Thomas en los jardines.

—Bede conoce Pedrara mejor que todos nosotros.

Aproveché para plantearle la cuestión que me angustiaba: cómo y por qué se había instalado Bede en Pedrara.

—Se lo pedí yo, tras la muerte de tu padre —contestó ella—, fue... fue una suerte para mí... —Y luego añadió—: No estoy segura de que lo fuera para él... —Y calló.

—Tía, también para él y para sus hermanos ha sido una suerte, han ganado todos mucho... —dije yo, intentando animarla a hablar.

Pero ella permanecía con los labios apretados. Luego explotó:

—Los afortunados hemos sido nosotros cuatro, vosotros, mis hijos, y yo. Tanto dinero, gracias a Bede... —Tomó aliento—: Yo creo que él esperaba ver a su madre..., que murió sin poder volver a verlo. —Y la tía se enjugó una lágrima—. Lo que lloró conmigo, el pobre Bede, cuando ella murió...

—También él, sin duda, ha recibidos dinero, tía... —insistí.

Ella sacudía las manos, como si quisiera espantar moscas imaginarias, luego las dejó caer sobre la sábana.

—Él sacaba menos de lo debido, era yo quien le hacía regalos... —Se detuvo, había entrado Luigi y la había oído.

—¿Por qué le hacías regalos a Bede? —preguntó. Su voz, bien modulada, tenía un tono agresivo.

Por los ojos de su madre pasó una sombra. Parecía desorientada, luego se repuso:

—¿Por qué no? —Y, dirigiéndose a mí, añadió—: Me gusta hacerle regalos a Bede. Se los merece todos... —Se volvió hacia Luigi—: Bede es muy bueno...

Luigi levantó la voz:

—Vete a...

—¡Fuera de aquí, vete, fuera! —La tía tenía las manos en los ojos—. Vete..., fuera...

—No, mamá, no me voy. Bede parece bueno y amable pero tiene fines recónditos, perversos...

Los ojos de Luigi parecían a punto de estallar. Dio media vuelta e hizo ademán de marcharse. Me acerqué.

—Luigi, hablemos...

—¡Bede está intentando seducir a mi hijo!

Y salió dando un portazo.

—Bede, Bede... Be... —repetía la tía Anna, entre lágrimas.

Volví a sentarme junto a la tía; le pasé la mano por las mejillas.

—Es demasiado —me había dicho Luigi. Sí, era demasiado. Demasiado tarde.

# 26
# La fatal infracción
*Martes, 22 de mayo, a última hora de la mañana*
(Bede)

Había vuelto a casa. Había mucho que hacer. Me senté ante el escritorio. Sentía un olor a podrido, venía de dentro de mi persona. Debía destruir todo lo que nos pertenecía a nosotros tres. Empecé por las cartas de Anna: saqué del cajón las cartulinas de color crema conservadas en sobres con filigrana, con su caligrafía clara de profesora; en pocas frases comunicaba lo esencial y hacía intuir lo divino. Las leí una por una; ella firmaba como Nenti y yo como Nuddu. Luego, las pocas cartas de Tommaso conservadas después de su muerte: eruditas, llenas de citas literarias, brillantes.

Abrí el cajón de las agendas: clientes, amigos, compradores. Cada nombre, una vida entrelazada con la mía, conocidos, a veces gente que se había convertido en enemiga mía: no aceptaban mi naturaleza ni mis gustos y exigían que perteneciera exclusivamente a su facción. Entonces me encerraba en mi soledad. También había que quemarlas. Abrí otro cajón: postales de felicitación de los sobrinos, cartas de la familia; en un sobre amarillo, las de mi madre. Me faltó valor para leerlas antes de entregarlas a las llamas. Le había acarreado un enorme dolor, y ella nunca me lo reprochó.

Miré el reloj. Era la una menos cuarto: no le había dado la pastilla a Anna antes de ir a ver al Número Uno.

La tercera omisión. Me metí en el pasadizo subterráneo en dirección a la hospedería.

Anna estaba consciente y de buen humor. Le dije que les había enseñado los jardines a Thomas y a Viola.

—¡Hay que ver lo guapo que es ese chico! —dijo. Y luego añadió—: Rubio, un nieto rubio...

—¿Y Viola? —le pregunté.

—¡Una pena, esa chica! —Me cogió la mano y repitió—: Las piedras, las piedras...

—¿Los has visto juntos?

Nora asintió. Habían pasado a saludar a su abuela poco antes.

—¿Juntos? —repitió Anna.

—Sí.

Me miraba perpleja. Haciéndome un guiño, acercó las puntas de los dedos índices y las golpeó una contra la otra:

—No son como nosotros... —Ahora había entrelazado los dedos, como dos ganchitos—. ¡Juntos!

—¡Sí, juntos! Pero tú tienes que ayudarme...

—*Cca sugno!* ¡Aquí estoy! —me interrumpió ella, dispuesta. Era la Anna de otros tiempos. Mirándome a los ojos, se dejó caer hacia atrás sobre el almohadón.

Nora estaba a mi lado.

—¡Tío, tienes que darle la pastilla! El doctor Gurriero ha telefoneado para saber si se la has dado.

—Ahora lo llamo. ¡No se la des tú! —Y me fui.

Deambulaba por el jardín como desquiciado. Con la cabeza gacha, giraba alrededor del pilón, bordeaba los parterres, caminaba por los senderos dando zancadas, volvía atrás y repetía continuamente el mismo recorrido. No quería darle la pastilla a Anna. No quería que fuera a una clínica. No. No quería. Le pediría de nuevo al Número Uno que me concediera unos días más, los Carpinteri no tardarían en irse. En vez de mandar un sms al Mudo, me detuve bajo las copas de las higueras y tecleé directamente el número de su casa.

—Bede, ¿qué ha ocurrido? ¿Puedo hacer algo por ti? —contestó la voz meliflua del Número Uno—. ¿Qué tal está doña Anna?, ¿duerme?

—No duerme, y está bien. No le he dado la pastilla.

—Dásela ahora, no pasa nada. No te olvides, una cada cuatro horas.

—No quiero dársela. La quiero en casa otros tres días. Despierta. Que razone. No sucederá nada.

—Será la salud de la paciente lo que lo dicte, y su médico de cabecera tendrá que decidir si puede quedarse en casa o debe ir a una clínica por su bien —musitó.

Estallé:

—¡Número Uno, esto debes concedérmelo!

—Deliras, Bede, pero ¿qué te ocurre? ¡No una pastilla al día, seis! Así está escrito en el frasquito, ¡una cada cuatro horas! No una, te lo repito, *seis*. ¡De lo contrario, la señora Carpinteri podría morir! —Y colgó.

Debía obedecer. Haciendo de modo que Nora lo viera, le ofrecí la pastilla a Anna, quien se la tragó pacíficamente y me sonrió.

—No te olvides —le dije a Nora—, dáselas tú si por casualidad ando liado en otro sitio. Una cada cuatro horas.

Nora lo sabía ya, el doctor Gurriero se lo acababa de decir. Y con mis sobrinos yo había perdido toda autoridad.

Era el principio del fin. Lo sabía. Había comprometido a los Números, mezclándolos con las personas. Y había antepuesto los afectos, proscritos, a la obediencia y al deber. Debía acabar de poner en orden mis cosas, rápido, rapidísimo, como si fuera a morir. En casa, abría los armarios, ordenaba, amontonaba, sacaba lo que había que destruir.

En cada habitación, se acumulaban junto a la puerta montoncitos de papeles, vestidos, zapatos y libros subdivididos en tres pilas: para regalar, para quemar y para tirar. A veces buscamos la felicidad donde no la hay. Poner en orden y hacer limpieza es sublime. Me preparaba para la salida final.

# 27
# En la cocina
*Martes, 22 de mayo, última hora de la mañana*
*y primera de la tarde*
(Bede)

*Anna, tú lo sabes. Teníamos plena libertad para amar. Ahora me parece casi difícil saberte testigo de lo que ha sucedido con Thomas.*

El sonido del teléfono hizo que me sobresaltara. ¿El Número Uno? ¿La sanción que por fin llegaba? Sabía lo que me esperaba, y con todo quedaba una duda; siempre hay esperanza. Contesté: era Giulia, ya era la hora de la comida y yo no le había llevado, como cada martes, la compra hecha siguiendo su detalladísima lista. Me había olvidado, pero en vez de sentirme consternado pensé que se me abría una oportunidad para ver a Thomas.

Me reuní con Giulia en la cocina de la villa. Y cuando oyó nuestras voces, apareció Thomas.

—¿Qué me sugieres que les dé de comer a estos? —refunfuñó ella.

Propuse preparar una tortilla en mi casa. Thomas se ofreció a ayudarme.

La cocina era el cuarto más moderno de la casa. Nadie más había cocinado nunca allí, excepto Anna. Tenía tan sólo un rincón «a la antigua», como decía ella: una mesita baja, dos butacas, una librería llena de libros de recetas y una lámpara de pie con la pantalla de pergamino; el rincón en el que uno descansa y puede echar un ojo a los hornillos y al horno. Cuando llegaba de Roma, cargada de regalos, Anna traía siempre uno «para la cocina»: el primer microondas, la máquina para hacer pan, el exprimidor eléctrico, el novísimo robot, el cuchillo de cerámica, la sartencita de plata, el soplete para hacer caramelo, además de especias compradas en los mercadillos de los emigrantes y de las inevitables galletas Gentilini. Nos pasábamos horas en la cocina. Nos divertíamos preparando salsa de tomate, mermeladas y dulce de membrillo —botellas de cristal, jarrones para esterilizar, los moldes decorados en terracota esmaltada.

Cuánto se puede llegar a amar cocinando.

Thomas se movía con desenvoltura entre los hornillos y el fregadero, y en eso se parecía a su abuelo, a quien le gustaban todas las tareas de la cocina, estrictamente prohibidas para los varones. Hablaba a rienda suelta de las cocinas de sus casas: la rústica de Trento, con el caldero colgado en la chimenea; la aséptica, toda de acero, de Bruselas, y la de la villa, en la que Giulia no le permitía entrar. Sentía curiosidad:

—Mi padre dice que hay un follón enorme allí dentro...

Puse a hervir las patatas nuevas. Mientras tanto preparé el perejil. Junto con Thomas, arrancaba del tallo las hojas planas. Puse los tallos en la olla y amontoné las hojas sobre la tabla. Thomas se ofreció a picarlas, pero no sabía usar la medialuna. Quería que se lo enseñara, pero era torpe. Pasé los brazos por debajo de los suyos, por detrás, y cubrí sus manos con las mías, para facilitarle el movimiento. Un estremecimiento delicioso. Me retiré.

Después de haber colado las patatas, las pelamos rápidamente y las cortamos en rodajas. Trabajábamos juntos. Yo monté las claras y las uní a la mezcla. Luego eché la tortilla en la cazuela de arrabio grueso. Erguido ante el hornillo, con la paleta en la mano, explicaba a Thomas cómo se realizaba la cocción.

—Déjame ver —dijo él, y se pegaba a mi lado, a mi espalda, no se estaba quieto. Sentía que me rozaba. Sentía su cuerpo. Añadí un hililllo de aceite, luego lo cubrí con la tapa y bajé la llama.

—Hay que esperar —dije, y él seguía aún detrás de mí.

—¿Cuándo estará lista? —pregunté.

—Dentro de una media hora. De momento preparemos una pequeña, para el aperitivo, esta tarde. —Lo miré.

—¿Para quién?

—Para nosotros dos.

—Vale. Aperitivo. —Estaba en un terreno familiar, el aperitivo formaba parte de su cotidianidad—. ¿Nos vemos aquí?

—En la torre.

—¿Me vas a ofrecer el licor del abuelo?

—Sí.

—¿Cómo se llama?

—Es el licor de los apicultores, se hace con la cera de las colmenas..., es dulce y potente. Aquí lo llaman *spiritu ri fascitrari.* —Le conté que los apicultores de la zona, los *fascitrari,* precisamente, habían cobrado sus colmenas a lo largo de la roca, en el boscaje, para obtener la mejor miel: la de las plantas silvestres—. ¿Estás dispuesto a probarlo?

—Sí. —Y luego—: Iré solo.

—Solo —repetí yo—. Solo. Sube por la escalera de caracol. Yo estaré allí esperándote.

Pero Thomas no se iba. Se me acercó y se estiró como para darme un beso en la mejilla, no se atrevió y desapareció.

Pasé las primeras horas de la tarde en casa, quemé todo aquello de lo que no debía quedar rastro. Era cuestión de horas. El Número Uno no olvidada, ni perdonaba.

Luego volví a ver a Anna y le dije a Nora que se fuera a descansar a mi casa. Nora no quería marcharse, comprendí que había recibido órdenes.

—¡Vete a planchar al vestidor, entonces, desde allí no nos perderás de vista! —le dije.

Ella obedeció y, después de habérselo pensado, trasladó la tabla de planchar hacia la puerta, para vernos mejor. Anna parecía estar más atontada: no me atrevía a preguntarle a Nora si el doctor había aumentado la dosis. Y, sin embargo, sonreía. Y sonreía a los hijos y a los sobrinos que pasaban de vez en cuando.

Le apreté las manos, se las besé, y nos dimos un largo adiós. No como yo habría querido, pero valía también así. Por primera vez me sentí culpable; no había mantenido la promesa de cuidar de ella hasta la muerte.

Con todo, aquel lánguido extravío de Anna entre las lisonjas del fármaco avivaba otra languidez. Veía a Anna reclinada sobre el almohadón, las manos lentas sobre la sábana, olía el perfume que se insinuaba en el aire primaveral, veía y sentía, era algo que, de regreso, me despertaba de nuevo los sentidos. Crecía mi deseo por Thomas. Había un destino en aquel deseo, no sabía ni oponer resistencia ni domarlo. Miré a Anna, la miraba en el lecho de muerte de su hermana y me parecía Mariangela, e inmediatamente después Tommaso, y por detrás de aquella sombra, por entero en la luz, el cuerpo de Thomas.

—No quiero abandonarte, Anna, Anna mía, pero tengo que hacer una cosa. Debo volver a casa. A poner orden. Estos fantasmas quieren mi alma..., quieren mi deseo, mi pasado: mi vida.

Crucé la villa a la carrera, y una vez en casa limpié, ordené, conservé, verificando obsesivamente. Todo estaba en su sitio. Recogí las cenizas del brasero y las esparcí sobre el mantillo de los tiestos de flores; regué.

Luego, la última tarea del Número Tres. Comprobar con mis hermanos que todo estaba en orden para los doscientos inmigrantes que llegarían al día siguiente. Gaetano y Giacomo contestaron joviales. Todo en orden. Todavía no sabían nada.

Para el final lo urgente, lo último. El placer, que en cuanto tal precisa del tiempo que se toma. Me lavé y me unté con esmero cremas perfumadas. Me puse la galabeya larga, la del cuello ribeteado, abotonada por delante como las sotanas de los seminaristas, sujeta por un largo hilo de seda que pasaba alrededor de los botoncitos: al tirar de él desde abajo hacia arriba, la galabeya se abría.

# 28
# El misterio de la torre
*Martes, 22 de mayo, por la tarde y por la noche*
(Mara)

Habíamos decidido poner patas arriba la villa, de una vez por todas. Viola y Thomas hojearían uno por uno los volúmenes de la biblioteca. Pasquale y Giulia se encargarían de rebuscar en los armarios y en los cajones de los dormitorios, de comprobar los ladrillos sueltos, los intersticios y eventuales portezuelas escondidas. Luigi buscaría en las habitaciones de los huéspedes y yo recorrería palmo a palmo los pasillos, las escaleras interiores y la hospedería.

No había sido fácil lograr que se fueran primero Nora y luego Pina, pero al final conseguí librarme de ellas con la promesa de que las llamaría si se presentaba Bede. Las hermanas fueron a sacar del armario del pasillo todos los manteles bordados, de modo que yo pudiera elegir los mejores para llevármelos a Milán. Se dispusieron jubilosas a la tarea, intercambiándose guiños: creían que los manteles servirían para el ajuar de Viola. Exploré la segunda escalera oculta en el armario grande; llevaba, efectivamente, a la torre y la recorrí entera, hasta llegar al techo. En el último rellano había estanterías sin rastro de polvo, sobre las que se alineaban elegantes cojines de suelo, una nevera, cubiteras para el hielo, botellas de licores, cocteleras, una cesta para la fruta, cuenquitos para los frutos secos: era evidente que alguien iba por allí, y a menudo.

Al bajar descubrí, tras una portezuela de obra, algunos libros antiguos en inglés: se remontaban a la segunda mitad del siglo XVII y estaban dedicados a la sexualidad femenina. Hojeé uno, de exquisita factura, con ilustraciones del aparato reproductor.

¿Qué es lo que me falta?, me pregunté. Ya no había hombres en mi vida. Por miedo a sufrir le había arrebatado la voz al deseo, que tan presente había estado en mi existencia. Era una naranja marchita. Entendía ahora que Viola era «así» no sólo por la incuria de Alberto, sino también por la mía.

En una caja, las cartas de amor entre la abuela Mara y su amante. ¿Serían las mismas que habían mencionado Giulia y Pasquale? ¿Eran ellos los que usaban la escalera para subir a la torre?

Todo era posible, pero, a decir verdad, en la torre no se respiraba esa atmósfera turbia, cargada, de las habitaciones que ocupaban Giulia y Pasquale. Aquí se advertían el lujo, el gusto, la promesa de placeres que sólo mi padre podía haber concebido y Bede continuado. Bede. Cuántos recuerdos inciertos me suscitaba su presencia en Pedrara. Sentada sobre la escalera que llevaba a la torre, me dejé llevar a una ternura desconocida por aquella casa, por la tía Anna, por mi hermano, por mi hija.

Los oía moverse por las habitaciones de la villa, afanándose todos en la búsqueda. ¿Qué era lo que esperaban? Y yo, ¿qué esperaba?

A media tarde, un grito salió del despacho. Viola y Thomas habían encontrado un estuche en forma de libro: la carátula de tafilete estaba decorada con orlas doradas y taraceas de madreperla, y tirando de la cinta que sobresalía se abría un doble fondo. Sobre un acolchado de raso gris brillaba en todo su esplendor un collar de amatistas, rubíes y brillantes, complementado por unos pendientes colgantes. El oro y las piedras relucían a pesar de la escasa luz. Llevamos el libro a la tía, todos juntos en procesión, incluido Pasquale. Se había quedado dormida y la despertamos. Viola se había colgado el collar del pecho. La tía la observaba, luego cogió el estuche que Giulia le tendía abierto. Pasaba los dedos por el raso gris, intentando decirnos algo. Rebuscando con el dedo índice pudo sacar una cinta.

—Debajo —susurró. Tirando de la cinta se abrió otro doble fondo de seda: contenía un sobre. Luigi lo abrió y leyó en alta voz.

Era un certificado: un joyero de Cannes declaraba que aquella pieza, fabricada en su taller, era la copia perfecta de un juego de joyas realizado por su padre. Había sido creada para Mara Carpinteri en 1913, y su hijo Tommaso Carpinteri, a la muerte de su mujer, la había subastado en París. Luigi volvió a meter la carta en el sobre, en silencio, y se quedó mirándola con la cabeza gacha. La tía nos miraba alternativamente a mí y a Viola, bellísima con el collar sobre el pecho, y murmuraba:

—Las piedras..., las piedras... —Sonreía, demente.

Pasquale, tras haber estado escuchando en silencio, se había ido. Todos los demás y yo nos habíamos quedado sin palabras. De pie alrededor de la cama, nuestros ojos estaban clavados en Viola y en el collar que seguía colgado de su pecho huesudo. La tía le cogió la mano e intentó llevársela a los labios, pero ella la retiró con un gesto brusco: no quería que la abuela se la besara y la tía Anna, asustada, comenzó a lloriquear. Intervino Nora, con un tono inesperadamente severo: debíamos irnos, le habíamos dado un disgusto a doña Anna. Todos obedecieron, excepto yo: no aceptaba órdenes de ninguno de los Lo Mondo.

La tía había aceptado el agua con anís que Nora le había ofrecido y se había calmado; repetía, lastimera, su habitual cantilena:

—Bede bene cene...

Le acaricié las mejillas con el dorso de la mano y una sonrisilla vacua, como la de los recién nacidos, le frunció los labios.

Pasquale regresó con sus pesados pasos, arrastrando la pierna herida: dejó sobre la mesilla un saquito de yute sucio de grasa y dijo con voz atronadora:

—Aquí las tienes, Mara, las piedras de tu hija. ¡Son las que se ponen sobre la pastaflora para que no se hinche mientras cuece!

La tía se sobresaltó, no entendía nada. Cogí el saquito que Luigi me había enseñado en la cocina. Dentro, una notita escrita a mano: PARA VIOLA.

Me fui. Esta vez la tía me había desilusionado. ¿Qué objeto tenía el mofarse de Viola?

Nos reunimos en la veranda. Pasquale había preparado el té, aunque con retraso, en un samovar hallado en uno de los dormitorios de los huéspedes de la segunda planta, abandonados hacía años.

—Qué bonito —dijo Luigi—, será ruso... ¡Le gustaría mucho a Natascia!

—¡Ni se te ocurra! ¡Lo he limpiado hasta despellejarme los dedos y quiero usarlo aquí, pertenece a esta casa! —Giulia había hablado impulsivamente, pero luego explicó, en tono más amable—: Quisiera llevármelo a Roma...

Pasquale intervino, severo:

—En vez de perder el tiempo limpiando el samovar, ya hubieras podido seguir con la búsqueda. Por qué no le dices a tu hermano que con ese pretexto me has dejado solo en la planta de arriba... ¡Querías esperar en la cocina a que volviera *Mentolo!*

Giulia apretó los labios en forma de ciruela y dio un mordisco a una galleta de almendra.

Expresábamos nuestra decepción confusamente, intentando reconstruir los acontecimientos, dar un orden y un sentido a aquella adversidad que nos cubría de ridículo..., y cuanto más crecía la sensación de ridículo, más aumentaba el despecho, la rabia incluso. No dejábamos de hablar de ello, quejosos. ¡El tesoro de la abuela Mara, del que nos habían hablado tanto, vendido en una subasta! ¡Nos habían estado tomando el pelo durante años!

Luigi y yo decidimos marcharnos de Pedrara al día siguiente, pero no sin haber aclarado antes la situación financiera con el notario y de haber hablado con Bede. Giulia y Pasquale, en cambio, iban a quedarse: nos revelaron, con cierta reluctancia, que en Roma no tenían a donde ir. Giulia, que había dejado el trabajo el año anterior, había alquilado su piso durante seis meses.

Thomas, mientras tanto, tras haberse llenado muy calladito las manos de galletas, se había ido anunciando que volvía al cuarto de la abuela. El grupo, desconsolado, se disolvió poco después, lentamente.

Preparaba la maleta. Metía entre las camisas libros antiguos y algunos objetos de *cloisonné* que había cogido del despacho. No quería que Giulia se diera cuenta, me habría montado una escena. La puerta se abrió con violencia; entró Viola, llorosa, y se arrojó sobre la cama. Me contaba entre un sollozo y otro que había seguido a Thomas a la alcoba de la tía. Él se había apartado en el hueco de un balcón, detrás de una cortina de tul, con Bede, elegantísimo, como si se dispusiera a ir a una fiesta; no dejaban de hablar interrumpidamente y habían hecho como que no la veían, estaba segura. ¡Y eso que sólo unas pocas horas antes, mientras buscaban el tesoro de la abuela Mara, Thomas le había jurado que la amaba! Después de marcharse corriendo de la habitación de la abuela, Viola había llamado su padre, por impulso: Alberto le había vociferado al teléfono que no podía ni quería gastarse miles de euros para mandarla a la clínica de Las Vegas a curarse la anorexia. «¡Come!», le había conminado bruscamente dando por concluida la conversación.

No me había dado cuenta de que Viola se había construido nada menos que una auténtica historia de amor con su primo. Era otra de sus fantasías. Sentí sobre mis hombros toda la responsabilidad. Le prometí que iría yo misma a la habitación de la tía, y que hablaría con Thomas para aclarar un poco la situación. Pero Thomas ya no estaba allí. Bede, de pie junto a la tía, la miraba.

Me marché enseguida: no me agradaba su presencia, ahora me parecía sencillamente un fullero, un fullero con encanto.

Viola quiso salir al jardín en busca de Thomas. La luz

mortecina de los faroles junto con la luz oblicua del sol decreciente hacían resaltar el lustre de la piedra asfáltica de Ragusa con la que estaban empedrados los senderos. Junto a las alargadas sombras de las palmeras y al intenso aroma de las flores por la noche creaban una atmósfera surreal. Viola me ceñía la cintura, tristísima. Para comer había mordisqueado unas pocas hojas de lechuga y apenas había probado tres bocados de tortilla, afirmando que se sentía llena; dos minutos después, sin embargo, me había implorado que le comprara chocolate de Módica. Viola había vuelto a su obsesión: Thomas. Estaban realmente enamorados y ella quería saber si había algún impedimento legal para el matrimonio entre primos hermanos. Mientras peroraba, mi hija me ceñía la cintura, me besaba, se aferraba a mí. Sentía debajo de las manos sus omoplatos duros, era toda piel y huesos. Nos topamos con Luigi, hablando por teléfono con Natascia, y luego fuimos a sentarnos al borde de la fuente. Desde allí se entreveían la escalerilla de caracol de la torre, cubierta de glicinias, y la cisterna, contra el fondo de la alta pared de roca, velada ya por las sombras de la noche. Desde el borde del altozano nos miraban compactas las filas de robles del bosque de San Pietro. En lo alto, el cielo estaba palidísimo y el verde intenso de las cumbres, bajo los últimos rayos del sol moribundo, despedía resplandores metálicos.

Viola había reclinado la cabeza sobre mi regazo: parecía pesar mucho, el peso de la infelicidad. Empezaba un ocaso lento y espectacular: el cielo, estriado de azul y naranja donde el sol estaba a punto de desaparecer, se había vuelto celeste claro y muy luminoso. Oí un ruido de pasos: Pasquale se acercaba para coger agua de la cisterna. Levantó la tapa en forma de medialuna, dejó caer el *bummulo,* el cubo con una cuerda en el asa; lo levantó rebosante de agua y lo apoyó cerca de la cisterna. Había recogido un níspero y se lo comía dando un paseo bajo la torre: de vez en cuando miraba hacia arriba, hacia las almenas. Viola tiraba piedrecitas al pilón. Yo la imitaba, con el afán de que me sintiera próxima. Era como si hubiera regresado a la infancia con Giulia. Cuando murió mamá.

Pasquale había desaparecido. El cubo seguía donde él lo había dejado, con la cuerda goteando por el suelo, la cisterna abierta. En el paseo de las adelfas, Luigi iba y venía caminando a grandes pasos, hablando por teléfono sin parar. Suspiré. El tiempo, sin piedad, parecía no transcurrir nunca.

De repente, unos pasos precipitados. Thomas bajaba corriendo por la escalera de caracol, como si alguien lo persiguiera, y tras el último escalón se detuvo, jadeando y con el rostro colorado. Viola, lacrimosa, lo llamaba con un hilillo de voz:

—Thomas... Thomas.

Pero Thomas había visto a su padre en el paseo y corría hacia él. Los dos se encaminaron en dirección a la villa, el brazo de Luigi sobre los hombros del hijo, y fueron engullidos de inmediato por la galería de ramas entrelazadas.

—Thomas... Thomas —seguía llamándole Viola, con voz cada vez más tenue—. No nos necesita —concluyó.

¿Adónde había ido a parar Pasquale?

—Volvamos a casa.

Y Viola tiró al pilón el resto de las piedrecitas. De repente oímos dos golpes secos distintos, sordos, que se propagaban por el jardín y lo helaban. Dos pesos arrojados al agua profunda. Viola se sobresaltó:

—¿Thomas?

Estaba agitadísima. Thomas se ha ido con Luigi, le recordé. Pensé más bien en los milanos que capturan a los puercoespines y los dejan caer desde lo alto sobre las rocas del río para romper sus espinas y alimentarse de ellos. Escrutamos el cielo, luminosísimo. Todo estaba inmóvil. Y fue precisamente a causa de esa atmósfera suspendida, quieta, por lo que entreví también a Pasquale bajando por la escalera de la torre, cojeando, descompuesto, con el rostro sucio de sangre.

Luigi nos esperaba en el vestíbulo. Tenía la mirada opaca, era evidente que había ocurrido algo. Thomas no estaba bien, nos dijo. Nada más. Respeté su reserva y lo abracé en silencio. Viola en cambio insistía en ver a su primo:

—¡Thomas me quiere, lo sé, me lo ha dicho!

Pero Luigi se mostró inflexible: le había dado un calmante, Thomas debía dormir. Ya se verían a la mañana siguiente.

De nuevo anegada en lágrimas, Viola se dejó caer sobre el primer escalón de la escalera. La puerta del comedor se había abierto, Giulia preguntó qué había ocurrido. Le pregunté qué tal estaba Pasquale. Se sobresaltó.

—Estupendamente, está duchándose. Se irá a la cama enseguida, sin cenar: está muy cansado y le duele la pierna. —Luego nos dijo que la tía se había comportado de forma arisca. Había estado gritando como enloquecida—. Bede ya no sabe qué hacer con ella, le habrá dado otras medicinas para calmarla.

—Vayamos a ver cómo está —dijo Luigi.

La alcoba estaba a oscuras, silenciosa.

—Entremos.

—No, no quisiera molestar a mamá, dejémosla tranquila.

# 29
# Aquí matan
*Martes, 22 de mayo, por la noche*
(Mara)

Viola se encontraba en la habitación, lista ya para acostarse. Tenía el iPad abierto sobre la cama, y estaba viendo el vídeo de un grupo inglés. Luigi no quería dejar solo a Thomas. Giulia estaba con Pasquale.

La hora de cenar ya había pasado, pero aquella noche nadie comería. Viola se había quedado dormida, con el iPad sobre la almohada. La casa estaba insólitamente oscura y silenciosa. Yo deambulaba por los pasillos, a nadie se le había ocurrido dejar una luz encendida; incluso el vestíbulo estaba a oscuras. Me detuve ante la alcoba de la tía. La puerta estaba cerrada; me puse a la escucha: nada.

Pensaba en Viola y sentía hambre. No osaba entrar en la cocina y vagué por la galería de la planta baja, pasando la mano por los bordes de los sillones y de los sofás. En la veranda, la mesa —mantel limpio y sin migas— estaba a la espera de que se pusieran los platos. Amontonados en el centro: sal, pimienta, el cestillo de las servilletas y el del pan, cubierto. Levanté la servilleta desflecada: había rebanadas de pan ya endurecido, muy poco apetitosas, y colines.

La noche era tibia. Me había apoyado en una jamba de la puerta ventana, con un colín en la mano. Los faroles del jardín estaban apagados; las luces mortecinas de las luces de emergencia creaban una atmósfera surreal. Me sentía en peligro. Al fondo, la pared de roca —una negra y amenazadora muralla— parecía inclinada, como si estuviera a punto de echárseme encima, y yo me sentía incapaz de ponerme a salvo. Luego, un ruido a lo lejos, cada vez más cercano: el motor de un automóvil que bajaba por la carreterilla y se detenía, tal vez ante la casa de Bede. Silencio. El ruido de otro motor. Y otra vez el silencio.

—*Madame... Madame.*

Arrastrándose por debajo del follaje de plumbago apareció Jacques. Venía a interesarse por mí: cómo estaba, si todo iba bien, si había novedades. Extravagante, por su parte. Pero le contesté. Luego, de repente, añadió:

—Debe estar usted muy atenta, *madame.* Aquí matan. —Había visto al jefe justo detrás de la esquina, armado—. Me quedo aquí hasta que usted se vaya, para protegerla. Recuérdelo —susurró, e inmediatamente después desapareció.

Me había sentado a la mesa. Sola, el resto de comensales eran las sombras del pasado de Pedrara. La abuela Mara, a la que había conocido poco. Pequeña, elegante, con un cuerpo perfecto. Y quejicosa, nunca le iba nada bien; no amaba a mi madre y después de su muerte la vimos poco: vivía en Siracusa, sola. No fui a su funeral, mi padre nos lo había prohibido: había perdido a tres hermanos y a una mujer, y odiaba los servicios fúnebres. También él era un huésped imaginario en mi mesa sin preparar. Le había querido mucho, tal vez demasiado para la poca atención que me prestaba. Culto, curioso, brillante conversador de maneras impecables, era un perfecto amo de casa y un diplomático muy apreciado. En familia se mostraba silencioso, nunca parecía estar del todo cómodo. Y era egoísta. Creo que nosotros, sus tres hijos, le producíamos tedio, y también sus dos mujeres. ¡Pero se le perdonaba todo, era tan guapo! La abuela Mara y papá conocían los secretos de Pedrara, pero nunca nos los revelaron. Rumiaba mis pensamientos, en la oscuridad.

Si hubieran estado allí en ese momento, alrededor de aquella mesa, cuántas preguntas. En cambio, cuántos pensamientos, cuántos pensamientos que no me daban sosiego. Después de aquellos golpes secos en la cisterna, se me había metido dentro una inquietud extraña y me encontraba de nuevo sola. Con mis fantasmas.

Quería a Luigi al lado. Lo sentía indefenso, igual que su hijo; como también mi Viola, ahora perdida en el sueño, estaba indefensa en su exigencia de amor, en la fragilidad de sus sueños.

La tenue claridad de las luces de emergencia rediseñaba la veranda. Todo Pedrara estaba allí. Aquella mesa desierta me angustiaba. Puse las manos sobre ella, casi como si aquel gesto pudiera hacerme recobrar la energía y colmar mi decepción, el silencio, la ausencia. ¿Qué hacía allí, a solas? ¿A qué llamada contestaba? Un escalofrío. No iba en busca de sensaciones fáciles, oscuras, como una médium, y sin embargo los acontecimientos de la jornada, el falso brillo del collar, las piedras en el saquito, los ojos vacíos de la tía Anna, las lágrimas de Viola y ahora todo aquel silencio me provocaban una sensación de alerta que me confundía. Y me excitaba.

Tenía que salir. Una vez más debía buscar. Cogí una linterna y abrí la puerta ventana.

Una fila de cipreses maduros separaba el jardín de la tupida espesura que llegaba hasta la pared a pico de la cantera. Fui subiendo hacia la cresta apoyada en la roca; pasaba junto a robles y cepas de olivos asilvestrados por la ausencia de podadura. Ante mí apareció, lisa, la pared a pico. En las grietas de la roca crecían palmerillas enanas, arbustos frondosos, alcaparras, euforbios y helechos. Las largas ramas colgantes de las plantas de alcaparra —hojas en forma de corazón y flores rosadas de pistilos rojo fuego que brillaban bajo la luz de la linterna— parecían las mantillas de encaje expuestas sobre los balcones para las fiestas del pueblo, mientras los euforbios de flores amarillas eran los faroles que iluminaban las calles. La pared estaba horadada en lo alto por las tumbas. También allí la vegetación era tupida. Había llegado a una explanada allanada de grava, situada junto a uno de los escondrijos de mi niñez; ya había estado allí en el curso de mis paseos.

Oí un ruido, las patas de un animal: vi la sombra de una garduña que huía y la seguí en la espesura, al abrigo. Un segundo ruido, como una bisagra que se abre; apagué la linterna y me acurruqué entre los vástagos de un olivo de tronco hueco. Arrastrándome, me metí por debajo, como hacía de niña. El follaje me cubría los cabellos. Empezaba a «ver» en la oscuridad: formas, sombras, brillo de hojas y piedras bajo la luna. El chirrido continuaba. Provenía de una parte de la roca cubierta por una lujuriante colonia de alcaparras. Los ramilletes colgantes comenzaron a ondear como un telón plateado.

La pared pareció temblar, desde abajo. Un enorme cuadrado de roca se abría, lento, gimiendo. Una luz deslumbradora: los faros de un Land Rover. Salió lentamente, rechinando en la grava enfiló la carretera hacia el río y desapareció entre los arbustos. Como nuestro río, como el Pedrara.

Me acerqué a la pared: la puerta había vuelto a cerrarse. Sin dejar rastro. Me acerqué hasta donde había desaparecido el Land Rover. No había ninguna boca de túnel. Volví a la villa, y por primera vez en muchos años sentí realmente miedo.

## 30
## Seducción
*Martes, 22 de mayo, 19.00 horas*
(Bede)

Me había llevado a la torre dos vasos, el licor de los apicultores y una jarra de limonada. Tras dejarlos sobre la mesita, había ahuecado los almohadones de los sofás. Junto a la puerta de la escalera interior, unas plumas de pavo real sobresalían del cuello sutil de un jarrón de bronce repujado. A Tommaso le gustaba combinarlas con rosas frescas de tallo largo, al estilo de Beirut. Coloqué el jarrón junto al sofá y distribuí las plumas en círculo. Sus ojos iridiscentes tenían un no sé qué de hechicero.

Apoyado sobre una de las almenas, vigilaba el arco de hierro de la escalera de caracol, constreñido por las glicinias en flor, y disfrutaba de las vistas, que abarcaban toda la cantera. La torre dominaba la vaguada, el curso del Pedrara y luego el largo curso del Tenulo, que aparecía y desaparecía, oculto por las paredes frondosas que lo costeaban, obligadas a retorcerse sobre sí mismas para seguir su tortuosa marcha.

En el grandioso teatro de la cantera, la torre —por imponente que fuera— se volvía insignificante: la pared de roca del norte, cercana a la villa, la más alta, se elevaba amenazadora en la penumbra, como si quisiera humillar la soberbia del emperador alemán y de aquel símbolo erigido para descollar sobre el valle.

El atardecer estaba en su momento álgido. El globo rojo del sol envolvía la cantera y la torre en un abrazo misericordioso; yo observaba impunemente aquella delicada luz, demasiado débil ya para inducirme a bajar los ojos. Todo, cielo, tierra, agua, era de una belleza insoportable.

Thomas había subido sin hacer ruido.

—Es precioso. —Y no añadió más. Estábamos juntos. Él miraba a su alrededor. En el silencio, sentía su aliento tibio y veloz sobre el hombro. Luego, dijo provocador—: Tú eres una persona a la que no entiendo.

—No se entiende nunca cómo llega a ser uno lo que es.

—¿Qué quieres decir?

—Mi madre me decía siempre que era especial y que le gustaba por cómo era... Yo no me siento especial, aunque es verdad que para mí son importantes cosas que muchos otros descuidan.

—¿Tú eres el amo de todo esto?

Thomas había cambiado de nuevo de tema, pero no el sentido de la conversación: era todo un juego para descubrirnos. Y se había desplazado: ahora estaba enfrente de mí.

—Podría contestarte con las palabras de un poeta: «No tengo nada de lo que pueda decir: esto es mío. Lejos y muertos están mis seres queridos, y ya no hay voz alguna que me hable de ellos».

—¿Qué significa?

—Escucha al poeta: «Emprendí la tarea pleno de voluntad, me desangré en ella, y no he enriquecido el mundo en un solo céntimo. Desconocido y solitario vuelvo a mi patria».

—Qué triste. —Thomas me miraba fijamente con intención.

—No. Sigue escuchando: «En las lágrimas que lloro ante ti, la bien amada de las bien amadas, hay toda la alegría del cielo». —Me detuve. Lo miré sin ambigüedad alguna.

Y luego le serví de beber. Le llené el vaso y le hablé de Tommaso, el esteta, el hedonista, el amigo fiel, el hombre generoso. Y con unas enormes ganas de vivir la vida como le gustaba a él, siguiendo sus propias reglas. La figura del abuelo emergía y se volvía real. Saqué del jarrón de bronce una larga pluma de pavo real. Thomas se había tumbado en la *chaise longue* de mimbre.

—Tu abuelo no era un hombre de medias tintas. Cortejaba los riesgos y a veces se entregaba a los excesos. Amaba la hermosura y el placer.

Bandadas de aves volaban por encima de nosotros en amplios arabescos. Atravesaban el cielo, yendo y viniendo. De vez en cuando invertían la ruta, pero mantenían la formación: las siluetas se aguzaban, la apertura de las alas parecía más amplia y exhibían los diversos colores de sus plumajes como en un juego de sombras chinas. Soplaba una ligera brisa.

—¿Qué fue lo que te enseñó?

—Me enseñó lo que sabía... —Y no dije nada más. Sentía en Thomas el deseo de conocer al abuelo a través de mí—. Me apoyó en los estudios y en la carrera. En una cosa era distinto a cualquier otro que haya conocido: no tenía sentimientos de culpa.

Thomas se había incorporado y había cruzado las piernas en la posición del loto.

—¿Tampoco tú tienes sentimientos de culpa?

—No, ¿por qué razón?

—¿Desde cuándo sabes que eres así?

Había un rastro de ansiedad en su voz ya pegajosa por el alcohol.

—Desde siempre.
—¿Y tu madre?
—Me amaba.
—La mía no. Mi padre tampoco. Quieren que sea como ellos quieren. Yo no sé quién soy, qué es lo que me gusta...
Me miró fijamente a los ojos, casi como para desafiarme.
—Coge de la vida lo que te ofrece.
—Mi padre tiene miedo de que yo sea *gay*. —Esta vez su voz tembló como si tuviera miedo de intercambiar la confusión con la incertidumbre—. Dice que el abuelo lo era.
—¿Y lo eres?
No contestó.
—Yo amo también a las mujeres.
Aquel «también» no lo sorprendió, pero era obvio que quería saber más.
Y me apremiaba.
—¿Cómo conociste a mi abuelo? ¿Cómo era?
—Tu abuelo era agradecido en la amistad: me ayudó porque veinte años antes mi padre lo había salvado del enemigo matando a un soldado inglés. En la amistad exigía respeto y honradez. Pero no en el amor.
—Pero entonces, mi abuelo y tú ¿os amabais?
—Yo tenía tu edad. Estábamos en Alejandría, en Egipto. Por la noche él llamaba a mi puerta. «¿Quién es?», preguntaba yo. Y él respondía siempre del mismo modo:

> Muchacho, ojos de muchacha,
> te busco a ti; pero tú no me oyes
> y no sabes que sostienes las riendas
> de mi alma.

—¿Y la abuela Anna?

—Lo sabía.

—Entonces, ¿cómo es que seguisteis siendo amigos después de su muerte?

—Tu abuela y yo nos amamos desde hace treinta y cinco años.

Thomas no entendía.

—El amor sucede, no se planea. Y cuando uno ama, olvida el pasado y el futuro. Lo importante, ya te lo he dicho, es no hacer daño.

—¿Pero no es muy complicado?

—No, es muy sencillo. Se ama en el presente. Nunca por gratitud de un pasado feliz, y ni siquiera con la expectativa de un bien futuro.

Unas tórtolas volaban en formación hacia el bosque de San Pietro; las seguí con la mirada. Thomas bebía a sorbos su segundo vaso; era consciente de su mirada.

Las tórtolas desaparecieron por detrás de las copas de los robles, más tarde regresarían. Dirigí mis ojos hacia Thomas.

—¿Qué es eso? —me preguntó él, señalando la galabeya.

Era un prenda egipcia, realizada según un diseño de Tommaso.

—Me la regaló tu abuelo.

Bebimos más licor de los apicultores. Altamente alcohólico, tenía un gusto dulzón. Le estaba hablando a Thomas de mí, no como había planeado hasta el mínimo detalle durante mi larga espera, sino en respuesta a sus preguntas. ¿Dónde naciste? ¿A qué se dedicaba tu padre? ¿Y tu madre? ¿Tienes hermanos, hermanas? ¿Qué haces aquí en Pedrara? ¿No te aburres solo? Mis palabras resbalaban ligeras y veloces; me lo comía con los ojos. Él era consciente; no le disgustaba.

Me senté sobre un cojín junto a la *chaise longue* y coloqué una mano en el interior de su muslo.

—En este momento ardo en deseos de besarte. —Una pausa intensa. Retiré la mano—: Espero que seas tú quien me lo pida.

Nos quedamos en silencio.

—¿Has provocado alguna vez dolor en los demás, has hecho sufrir en tu beneficio?

—Sí, y cargo con el peso de la culpa.

—¿Por qué lo hiciste?

—Por necedad, de joven. Ahora, por amor. No me llena de orgullo.

—Yo les he hecho daño a mis padres. Mi padre esperaba de mí mejores resultados en los estudios, mi madre no se ha vuelto a casar para no provocarme otro shock y yo la he abandonado para regresar a Bruselas. Tampoco allí le he dado las satisfacciones que se merece.

—O que espera.

Otro silencio.

Fue él quien se quitó la camisa el primero, su carne era firme, lisa, clara y con una ligera pelusa: la belleza de la juventud. Nos acariciamos. Bebimos, yo de su vaso y él del mío. En determinado momento, el cielo casi blanco se vio atravesado por una estela de nubes rosáceas, veteadas de ámbar, seguidas por otras nubes de colores difuminados y tornasolados. Era el final del ocaso. La oscuridad no tardaría en llegar. Un salto en la eternidad.

Contemplábamos las nubes desde las almenas; esas gradaciones de rojo que se perseguían y se superponían rapidísimas en lo alto del cielo en fuga del negro que amenazaba con llegar desde el norte. Más abajo, los jardines permanecían silenciosos; la cisterna, abierta.

Thomas había posado una mano titubeante sobre mi cintura. Bajó hasta el pene. Bien colocada.

El cielo se volvió azul oscuro. Llevé mi mano a la suya —bastó una ligera presión para agudizar las punzadas de placer— y la conduje de inmediato hacia lo alto, arrastrándola por el algodón en contacto con el cuerpo. Alivié la presión cuando su mano llegó hasta el primer botón. El del cuello. Le puse en la mano la borla de seda mediante la que, tirando del hilo, se abriría completamente la galabeya.

Pero Thomas buscaba mis labios. El primer tímido beso. Luego otro, carnal, con los cuerpos muy pegados. Me separé de él y retrocedí hasta los sofás. Thomas al principio no entendió, pero seguía sujetando el hilo. La galabeya se abría desde abajo. Yo esperaba palpitante, con las piernas separadas y los brazos abiertos, a que mi desnudez quedara desvelada por el hilo de seda.

—Oh Dios —murmuraba Thomas, y tiraba, con la respiración jadeante. El hilo se le había quedado entre las manos y acariciaba el pavimento. La galabeya estaba suelta, los faldones entreabiertos. El viento cosquilleaba el pene túrgido. Nos acercamos el uno al otro. Él tenía los hombros contra una almena; se desabrochó los pantalones y se ofrecía. No me moví, esperaba. Thomas extendió decidido la mano.

Las tórtolas se apresuraban a lo largo y a lo ancho del cielo mientras nosotros celebrábamos una vez más en la terraza de Tommaso la vida y el placer.

# 31
# ¡Gusano!
*Martes, 22 de mayo, por la noche*
(Bede)

—¡Cerdos!

La voz de Pasquale estaba muy cerca, detrás de mí.

—¡Cerdos!

Me empujaba y me golpeaba. Yo notaba sus intenciones violentas, su determinación agresiva. El encanto estaba roto. Debía facilitar la huida de Thomas, quien, bloqueado entre el muro y yo, me miraba atontado como si esperara una orden, una solución. No era más que un muchacho, sobre todo ahora que debía afrontar una situación tan desagradable e inesperada. Lancé una patada a la ingle de Pasquale y alejé de allí con un empujón a Thomas. Pasquale se tambaleó inseguro sobre su pierna herida, y reemprendió sus gritos:

—¡Cerdo! ¡Y explotador! ¡Vives como un amo a costa de los Carpinteri! ¡Y te follas a su hijo! ¡Das asco! —Dio un paso hacia delante, amenazador.

—¡Gusano! —Levanté la mano y la extendí hacia él, abierta.

—¡Y tú me llamas gusano, so maricón! —Pasquale seguía gritando. Pero se había parado.

—¡Sí, gusano!

Thomas ya estaba en las escaleras; se volvió con una mirada asustada y luego desapareció.

—¡Gusano! —repetí—. ¡Has dejado embarazada a Giulia tres veces y las tres veces la has obligado a abortar a fuerza de patadas en el vientre y costillas rotas!

—¡¿Qué sabrás tú de nuestras cosas, sarasa?!

—¡Ni siquiera tuviste la decencia de pagarle los abortos! Obligaste a Giulia a que le pidiera el dinero a su madre. Y gracias a su madre has podido saldar también todas tus deudas y eso que llamas tus viajes de estudio a los burdeles de Tailandia! ¡Eres un parásito, una sanguijuela!

—¡¿Parásito yo?! ¡Pero si son los Carpinteri quienes te mantienen desde que entraste en su casa! ¡Ya es hora de exponer tus vergüenzas! Luigi te echará de aquí a patadas en el culo.

—¡Avergüénzate tú! Anna te ha pagado incluso los gastos del juicio por la custodia de tu hijo, ese hijo con el que quisiste quedarte aunque él prefiriera volverse con su madre y al que maltratabas, cogiéndolo del pelo y tirándolo al suelo, retorciéndole los dedos! ¡Si hasta salió publicado en los periódicos!

Pasquale babeaba.

—¿Y tú qué sabes?

—¡Fuera de aquí! —le grité.

—¡Maricón!

—¡Fuera! —Y di un paso adelante hacia él—. ¡Fuera, vete de aquí, largo, gusano! —Pasquale retrocedía y yo avanzaba, un paso él y un paso yo, manteniendo la misma distancia, yo desnudo y él vestido, con mi dedo índice apuntado contra su rostro, nuestras miradas clavadas con la misma saña y la misma intensidad—. ¡Vete de aquí, largo! —Y él seguía retrocediendo. Al pasar junto a los sofás agarré el jarrón de bronce por el cuello, como una maza—. ¡Vete de aquí, fuera, gusano!

Pasquale estaba ahora cerca de la escalera.

—¡Fuera de aquí!

Se metió bajo la cortina de racimos de glicinias. Luego un estruendo: se había caído escaleras abajo. Imprecaba, pero no intentó volver a subir.

# 32
# Los Números anuncian su llegada

*Martes, 22 de mayo, por la noche*

(Bede)

*Qué carrera me he dado, Anna mía. Parece tan fácil contarlo todo cuando sales del caos y entras en la secuencia lógica de los hechos. Y en esa secuencia —casi como si fuera un cuadro cubierto por una sábana— estoy yo, incauto protagonista, y el hecho no es un hecho sino «el asunto».*

La frescura de la noche había caído sobre la torre; el sol había desaparecido. Los últimos restos de veteado en el cielo resbalaban por detrás del bosque de San Pietro. Los robles se asomaban compactos sobre la cantera: una formación de caballeros vestidos de negro. Luego un sonido. Un mensaje en la BlackBerry, del Número Uno: «Vamos hacia tu casa».

Me quedaba aproximadamente un cuarto de hora. Recogí los calcetines que Thomas se había olvidado, la botella de licor de los apicultores, la jarra de limonada, los vasos, y lo tiré todo a la cisterna. Arreglé los sofás.

Bajé las escaleras a todo correr y regresé a la villa. Anna me llamaba, como si supiera algo: «¡Bede! ¡Bede!». Presagiaba el final de Bede Lo Mondo. Y quería su propio final ella también. Le di una dosis doble de medicina, luego le sequé los labios con un pañuelo y ella quiso besarme los dedos.

—Nos veremos muy pronto, ¿te acuerdas de nuestra

promesa? —le susurré, para que no me oyera Pina—, siempre juntos, nosotros dos...

Anna no entendía. Farfullaba:

—Mene, bede, bene.

Tres meses antes, cuando llegó aquí, cansada y dolorida, traída por una ambulancia, yo estaba con ella. Giulia y Pasquale se habían unido a nosotros. Al llegar ante la villa, insistió en entrar en casa de mi brazo. Fue subiendo la escalera peldaño a peldaño, cauta, sobre los huesos debilitados por la osteoporosis, apoyándose por un lado en mi brazo y por el otro en la barandilla. Giulia y Pasquale se habían metido en el comedor. Anna esperó a que se fueran y se volvió hacia mí. Su rostro se relajó en una sonrisa. Me agaché para besarla. Después de una vacilación me rechazó y se dejó llevar a un llanto irrefrenable:

—Soy fea y vieja, Bede mío, Beduzzo. He venido aquí para morir —murmuró.

—Moriremos juntos, ¿recuerdas el pacto? —Y la besé en los labios.

*Ha llegado el momento, Anna mía.*

Bajé a la hospedería y emboqué la escalera subterránea. En vez de ir a casa cogí el pasadizo que llevaba al río. Pensaba en mis padres, en mis hermanos. A la muerte de Tommaso me había mudado a Pedrara por voluntad de Anna y también porque deseaba volver a ver a mis padres. Nos comunicábamos tan sólo por carta: según mi padre, el teléfono hubiera sido una emoción demasiado fuerte para mi madre. Desde el «asunto» habían pasado diez años, un lapso de tiempo suficiente para que la gente olvidara, o eso pensaba yo. Había planeado dar una sorpresa a mi madre presentándome en casa a la hora de la comida, sin avisar. Hablé por teléfono con mis hermanos, que habían vuelto a Pezzino e iban tirando como tractoristas.

—No hagas nada parecido sin hablarlo antes con papá —me dijo Gaetano.

Mi padre me citó en el bosque de San Pietro, el que habíamos atravesado juntos la noche en la que me había llevado a conocer a Tommaso. Vino con Gaetano y Giacomo, que no quisieron bajar del automóvil mientras él me hacía gestos de que lo siguiera. Había envejecido y caminaba mal. Nos adentramos en la espesura del robledal. Los troncos habían sido descortezados; desnudos, parecían afligidos. En un claro había algunos árboles abatidos, los troncos inertes y gruesos como paquidermos.

—Sentémonos —dijo mi padre.

—¿Por qué no has traído a mamá?

—No está bien. Tiene la presión alta, las piernas hinchadas...

—¿Puedo ir a casa?

—Nunca. —Y habló—. Mientras te llevaba a Pedrara, los desgraciados de tus amigos, unos camellos, eso es lo que eran, vinieron a buscarte a casa. Tu madre no tuvo más remedio que dejarlos entrar, de lo contrario habrían echado la puerta abajo. Estaba sola. Puesto que no contestaba a sus preguntas, la ataron y la amordazaron. Ella no sabía en realidad adónde habíamos ido, pero no la creyeron y le dieron una paliza. Destrozaron tu habitación a estacazos y dijeron que volverían y nos matarían a ella y a mí si no les decíamos dónde te habías *ammucciato*, escondido. La dejaron atada, sola, empapada porque se había meado encima a causa del miedo. Cuando regresé y la encontré en ese estado, lo comprendí todo: eran hombres sin pertenencia, y por eso de los más peligrosos, porque no tienen reglas. Llamé a tus hermanos para que volvieran de Alemania, los necesitaba a mi lado.

Mi padre me contó a grandes rasgos los hechos. Al muerto lo encontró al día siguiente una vecina de casa que le hacía la limpieza; un homicidio a manos de desconocidos con propósito de robo, se dijo en el pueblo. La gente y los carabineros dirigían sus sospechas hacia un drogadicto. Era el periodo del festival de Pantalica, todos los días y todas las noches había música, juventud, droga, alcohol. Mis hermanos y mi padre acamparon en las tumbas de la cantera. Aprendieron a reconocerlos desde lejos y a identificarlos entre la multitud. Estudiaban sus movimientos y sus costumbres. Después de eso, se apostaron cada uno en un lugar distinto. En el día de mayor confusión, durante el concierto de un grupo norteamericano, los cuatro cantaban y bailaban en medio de los demás.

—Menuda la traca de balas que se montó entonces. Gaetano y yo apuntamos y disparamos perdigones para acabar con esos cuatro, y los matamos a todos, uno a uno. Giacomo, en cambio, bombardeaba a la multitud con balas de fogueo, para desviar las sospechas. Muertos de un solo disparo, en la cabeza —dijo mi padre con orgullo—. ¡Yo había enseñado a mis hijos a disparar para defenderse del enemigo y, en cambio, mataron para defender el honor de los Lo Mondo! —Por ahí se dijeron muchas cosas: que había sido un ajuste de cuentas entre camellos, o el gesto de un loco, a quien llamaban «el monstruo de Pezzino», o hasta un atentado de los anarquistas—. Eso fue lo que hicieron por ti tus hermanos y tu padre. Para salvarte y para vengar el daño hecho a tu madre.

Cuando la policía hubo establecido que la muerte del viejo había sido un homicidio a manos de desconocidos y archivó la investigación, mi familia creyó que me resultaría posible volver al pueblo. Pero no fue así. La vecina del viejo había espiado a los asesinos por detrás de las persianas: eran cuatro hombres y una mujer. Ella los conocía, y sabía que eran precisamente los que habían muerto en Pantalica. Pero faltaba la mujer. ¿Dónde estaba? ¿Y quién era? El hijo del muerto vino a saberlo: preguntando aquí y allá se enteró de que por aquel entonces yo me veía con los cuatro de Pantalica y que me gustaba jugar a cambiarme de ropas. Intentó inútilmente reabrir la investigación, después de lo cual alquiló la casa que estaba enfrente de la de mis padres y metió en ella a una anciana para vigilarlos; esta consiguió ganarse la confianza de mi madre y no dejaba de entrar y salir de nuestra casa con la excusa de que le cosiera su ropa.

—Mientras vivas, no puedes volver a pisar Pezzino. No quiero que vayas a ver tu madre. No me fío de que guarde silencio: si supiera que estás aquí, se le escaparía algo con las clientas. Debes estarles agradecido a tus hermanos y vivir lejos de nosotros.

Se pasó el dorso de la mano por los ojos, para quitarse la humedad. Y se quedó sentado con las manos entrelazadas en medio de sus anchas piernas, con la cabeza gacha.

Desde entonces, Pedrara se convirtió en una cárcel para mí.

# 33
# El salto
*Martes, 22 de mayo, por la noche*
(Bede)

*Anna, tan sólo me quedabas tú cuando me fui a vivir a Pedrara.*

Debía alcanzar el río antes de que los Números se percataran de que no estaba en casa esperándolos. Corría a través de la espesura que costeaba la orilla, en la densa oscuridad del fondo del valle. Me había vuelto a abotonar a toda prisa, y ahora la galabeya me revoloteaba alrededor de las piernas. Acabé tropezando con un matorral de zarzas, intenté librarme de las espinas pero se me quedaron enganchados los cabellos. En el frenesí por desenmarañarme empeoraba las cosas: los cabellos se me enredaban en las ramas, las espinas me desgarraban la tela, la piel; cuanto más me movía, más me embrollaba. No había tiempo que perder. Me arranqué la galabeya y salí desnudo del matorral.

¿Por qué había llegado a tanto? Hubiera querido abandonarme allí donde estaba, como un Cristo en la noche, un alma sin paz. Cuanto más perdido me veía a mí mismo, más sentía regresar los zarzales del pasado, ellos también, para cazarme en un cruel cepo. Lo que todos llamaban «el asunto» había crecido conmigo, dentro de mí, y nunca dejó de marcarnos con fuego a mí y a mi familia.

*Ahora me veo corriendo en la oscuridad, desnudo, sudado, azotado por las zarzas, y desde esa carrera vuelvo atrás hacia aquel otro tiempo.*

Había dejado el colegio a los dieciséis años. En mi familia no había dinero para que siguiera estudiando, tal como hubiera deseado yo. No había querido seguir a mis hermanos e irme a Alemania; había encontrado un trabajo durante el verano como camarero en el bar de un primo de mi padre, aquel con el que iba a los campos a recoger verdura y a disparar. Allí conocí a cuatro jóvenes alegres y aficionados a la música moderna. Pensaba que eran de familia rica: viajaban en automóviles deportivos, llevaban relojes de oro y les acompañaban siempre chicas muy guapas. Peppe, el jefe, me tomó simpatía y me convertí en su mascota; salía con ellos y nos íbamos por toda la provincia, a festivales, a escuchar música, a bailar en los *night clubs,* a veces llegábamos hasta Taormina. Aprendí a beber licores, a fumar porros, a apreciar el placer de estar a la moda y de practicar el sexo sin compromiso. Estábamos a principios de los años setenta, sobre la ola del milagro italiano habían llegado a Sicilia los televisores y las radios de transistores. Todo se ponía en discusión: el sexo, las drogas, la política, las costumbres, la religión, el trabajo. En junio, mis nuevos amigos organizaron junto con otros jóvenes del lugar el festival de Pantalica: durante todo el mes, miles de chicos procedentes de toda Sicilia vinieron a acampar en la cantera, y ocuparon el ferrocarril abandonado y los túneles vacíos. Nosotros, los del pueblo, fraternizábamos con la gente de fuera, y estas amistades tenían el sabor de la transgresión, dulzón como el de los porros que compartíamos. Todo estaba permitido. Nos sentíamos libres de hacer lo que quisiéramos. Mis amigos aludían a menudo al «viejo cerdo», un anciano de salud achacosa, medio sordo y con cataratas en ambos ojos, a quien sin embargo le seguía quedando un fuerte apetito sexual: lo satisfacía gastándose con prostitutas el dinero que el hijo emigrado le mandaba desde Argentina.

El viejo, sin embargo, prefería chicas «normales», frescas y alegres, aunque sólo fuera para *maniare,* para toquetearlas, y le había pedido a Peppe que se las consiguiera: estaba dispuesto a pagar bien. Peppe, de vez en cuando, le llevaba a su chica, Maria, y se quedaba para vigilar que el viejo no se excediera: al principio sus solicitudes eran audaces y desagradables, pero al final se contentaba con poco. Era una diversión burlesca y atrevida, para todos: mucho lenguaje desatado, algún palpamiento y muchas risas. Maria se quedaba con una parte de la retribución y luego se iban todos juntos a darse una buena comilona al restaurante. Era la primera semana de junio; durante una de esas comidas, en la que yo también estaba, Maria sugirió gastar una broma al viejo: me vestirían de mujer y me llevarían a verlo. En el momento adecuado, todo se desvelaría. La idea les gustó a los demás. Yo sentía debilidad por Maria, y acepté. Cuando el viejo le pidió nuevamente a Peppe que le llevara a una chica, ella me puso unos pechos de goma, una blusa con volantes, tacones altos, y hasta me rizó los cabellos, y luego se quedó en casa a esperarnos.

El viejo nos dejó entrar y fue a tumbarse en un sillón

con reposapiés y el respaldo reclinable para disfrutar del espectáculo. Era flácido, con los labios colgantes. Animado por mis amigos, recité el papel establecido.

—¡Mírala, pero qué rica que está la tía! ¡Parece una extranjera! —le gritaban. Él veía poco y ellos me describían exagerando mis atributos—: *Avi minne ca parono arance tarocco!* ¡Menudas tetas, parecen naranjas rojas! —Yo caminaba arriba y abajo, contoneándome como una maniquí—. ¡Tócale el culo, está tan duro como una manzana! —Entonces yo me acercaba, lo suficiente para que el viejo pudiera rozarme las nalgas.

Él gritaba: «*Veni cca!* ¡Ven aquí! ¡Deja que te toque mejor!». Me solté la media de la liga y me la quité como si estuviera haciendo un *striptease*, luego le ofrecí la pierna al viejo. Él empezó a acariciármela, pero cuando intentó subir por encima del muslo me eché hacia atrás. Continué así durante un rato, primero me ofrecía y luego me negaba: los otros se reían y gritaban, el viejo blasfemaba.

Luego pidió que lo azotaran.

—No —le dijo Peppe—, esta tía es muy fina y te acariciará con una pluma, mucho mejor que los azotes. —Y sacó un plumero para quitar el polvo al que habían añadido escobillas de pipa. Se lo pasaba sobre su cuerpo flácido, con ralos pelos negros, larguísimos, alrededor del ombligo, y le gustaba—. ¡Sigue, sigue! ¡Acércate! ¡Más alto! —Su deseo aumentaba; también nosotros estábamos excitados. En determinado momento (se había abierto los pantalones) me aferró por la cintura e intentó besarme. Me esforcé en soltarme, mientras sus manos callosas me apretaban las caderas y subían hacia el pecho. Procuraba zafarme, pero él no cejaba en su abrazo y acabó por arrancarme la blusa. Como un energúmeno, me quitó el sujetador.

—¡Maricón! —gritó, apretándome fuerte los pezones con sus manazas—. *Schifiu si! Schifiu!* ¡So asqueroso! —gritó, y me apretó más fuerte. El dolor era insoportable.

—¡Suéltame, me haces daño!

—¡Maricón! —Y me escupió a la cara—. ¡Voy a llamar a los carabineros! ¡Le diré al alcalde lo que habéis hecho! ¡Sois unos cerdos y unos sinvergüenzas!

—*Muzzicalo!* ¡Muérdelo! —gritó Peppe.

Conseguí soltarme mordiéndole el brazo. Pero fue por poco: el viejo, enfurecido, me inmovilizó cerrando las piernas como una tenaza alrededor de las mías y me golpeó la cabeza con una lluvia de puñetazos. Intenté empujarlo hacia atrás; él se apoyó sobre los brazos del sillón y cedió un poco, así logré alejarme, empujándolo. El sillón se volcó: cabeza abajo y con las piernas al aire, el viejo no dejaba de gritar:

—¡El alcalde! ¡Os voy a denunciar!

—Tú no hablarás con nadie.

Peppe se adelantó. Le dio una patada en la cabeza, y luego otra. Y el viejo dejó de moverse. Un hilillo de sangre se escurría hasta el suelo.

En un santiamén montamos en el coche y nos marchamos, derrapando.

—Deberíamos llamar a un médico... —dije yo.

—¡Ni pensarlo! ¡Y mucho cuidadito con decir nada, si no quieres acabar como él! —chilló Peppe.

Delante de mi casa, me sacaron del coche. La luz en la habitación de mis padres me recordaba que mi madre estaba esperándome despierta, como siempre. Entré, ansioso, sin resignarme, y escribí una carta a Peppe, exhortándolo a llamar a la policía para explicarles cómo había sucedido todo, me ofrecí incluso a explicar mi papel en el desastre: no quería aquella muerte sobre mi conciencia. A la mañana siguiente, muy temprano, salí subrepticiamente de mi casa para entregar la carta. A mi madre, que me preguntó adónde iba, le conté por encima —con el sobre en la mano— lo que había ocurrido. Cuando volví, mi padre me esperaba en la cocina, vestido como para salir. Quiso saberlo todo punto por punto.

—¡Desgraciado! —Fue su único comentario—. Coge tus cosas que nos vamos de aquí, enseguida.

Mi madre me preparó la maleta a toda prisa: yo añadí mis *cusuzze*, mis cosas, y un libro de poemas, *Dar y tener*. Mi padre la cerró, apretando bien la correa.

—Pídele perdón a tu madre por el dolor que le estás causando, y despídete de ella. Tardarás en volver a verla.

Y me llevó a Pedrara.

*Anna, hice sufrir a mi madre, y no se lo merecía. Todas sus cartas acababan con: «No se acostumbra una nunca a tener a los hijos lejos, al contrario, cada vez es peor».*

Corría, desnudo; seguía tropezando con las raíces, me golpeaba contra las ramas, tropezaba cuesta abajo pero no perdía de vista la meta: la columna de cúspide tronca. Oía ya el automóvil del Mudo. Me encaramé a la columna; lo había hecho tantas veces sin hacerme daño nunca, pero ahora, con la oscuridad y las prisas, resbalaba, perdía el agarre. Una vez arriba, miré hacia lo alto. Las luces de las tumbas eran muchas, los doscientos transeúntes habían llegado anticipadamente. Pensé en su tristeza, en lo que les esperaba. Me sentí espiado. Y me avergoncé de mi desnudez. Luego, el ruido de una portezuela: los justicieros habían llegado. Alcancé el borde extremo de la roca y levanté los brazos. El salto esta vez debía ser amplio, como un arcoíris. Y así fue.

*Mi espíritu ascendía lentamente; miraba a mi alrededor. Te buscaba, pero tú te hacías esperar.*

# 34
# El cigarrillo del Mudo

*Martes, 22 de mayo, por la noche*

(Bede)

Pedrara era hermosa desde lo alto, y reinaba el silencio. El agua del río brillaba bajo la luz difusa de la luna, como si estuviera inmóvil. La cantera era toda un mosaico de grises: terrazas, vaguada, espesura, arbolado y sembradíos. La negra oscuridad de las paredes, rota aquí y allá por resplandores intermitentes, parecía su continuación y se fundía con el cielo estrellado.

En la explanada, un faro potentísimo maniobrado desde el techo de un Land Rover apuntaba al río. El haz de luz embestía la columna de roca y se desplazaba, nervioso, en busca de un punto preciso.

Cinco figuras convergían lentamente sobre el río, a los pies de la columna. El primero en llegar fue el doctor Gurriero, el Número Uno. Se subió a una gruesa piedra, para ver mejor. Sobre la chaqueta, abotonada hasta el cuello, le revoloteaba la bufanda de seda. Frente a él apareció sobre otro peñasco el notario Pulvirenti, el Número Cinco; Pietro Pulvirenti, alcalde de Pezzino, el Número Seis, salió de un matorral de adelfas, en la orilla sur. En lo alto, sobre la vereda de las tumbas comunicadas, enmarcado por el acceso cuadrado a una tumba, Gaetano, el Número Dos. Sobre el umbral de la tumba más cercana, Giacomo, el Número Cuatro.

El Número Uno pulsaba el teclado del móvil y el faro

se desplazaba, obediente. En determinado momento el Número Uno levantó el brazo imperioso y el faro se detuvo iluminando mi cuerpo desnudo sobre las piedras donde había acabado por estrellarse.

*Escrutaba victorioso los rostros impasibles de los Números. No quise mirar a mis hermanos, ellos sí que me habían querido.*

El Mudo había bajado de la escalerilla desde la que manejaba el faro; se estaba liando un cigarrillo. Una chupadita al papel y se lo puso entre los labios, con el mechero en la mano. Apoyado en la portezuela del Land Rover, disfrutaba del humo en santa paz, con la mirada atenta al Número Uno, a la espera de sus órdenes.

# 35
# Tres muertos
*Miércoles, 23 de mayo, por la mañana*
(Mara)

Oía ruidos extraños. Pasos a lo largo de los senderos, automóviles y motocicletas, los potentes diésel de los camiones. Luego, largos silencios. En la oscuridad de la noche culebreaban de repente rayos de luz. No quería echar las persianas, debía saber, oír, ver, pero sentía miedo. Me animaba el tener a Viola en mi cama; de vez en cuando pensaba en ir a comprobar que la tía estuviera bien, pero algo me retenía, quería evitar la confrontación con Bede.

Por la mañana me había levantado pronto, tenía hambre. La puerta de la cocina estaba cerrada. Para no molestar a Giulia y a Pasquale había recogido unos nísperos y me había sentado luego en la mesa desierta. Una vez más, la ausencia, pero acompañada por una ansiedad nueva que los ruidos de la mañana iban agudizando progresivamente. El timbre de la puerta sonó como si se desatara un presagio nunca pronunciado.

Gaetano y Giacomo Lo Mondo, con la cabeza descubierta, estaban en el umbral junto con Nora. Se los veía ojerosos. Nora se escurrió hacia arriba; los otros dos no quisieron entrar, azorados.

—Bede ha muerto, en el río —dijo Gaetano.

—Esta noche. Un error en el salto, acabó contra las piedras —le hizo eco Giacomo.

Yo los escuchaba, atónita.

—Le prepararemos en su casa, el funeral será mañana —siguió diciendo Gaetano, y se detuvo.

En lo alto de la escalera, Nora gritaba:

—¡Doña Anna! *Muriu!* ¡Ha muerto!

La tía estaba reclinada sobre un costado, rígida. Tenía la boca abierta, la mandíbula caída. Ante aquella visión me retiré, acobardada. Me bastaba. No dije una sola palabra. Nora y los Lo Mondo se acercaron para colocarla en su sitio y les dejé hacer. Es más, me fui con el pretexto de llamar a mis hermanos. Luigi fue el primero en aparecer con Thomas, atontado por las pastillas que le había dado su padre. Viola no se había querido levantar y lloraba abrazada a la almohada. Giulia llegó tarde, trastornada: los hermanos Lo Mondo y Nora, que la habían esperado para darle el pésame, se despidieron y Luigi los acompañó a la puerta. Ninguno lloraba, nos habíamos quedado de piedra.

Luigi me informó de que los Lo Mondo le habían comunicado el último deseo de Bede: que su funeral se celebrara junto con el de doña Anna, en el caso de que hubieran muerto a la vez.

—¿Qué les has contestado? —pregunté.

Luigi dijo que no había dicho ni que sí ni que no. Hizo una mueca.

—Deberíamos pensar qué habría preferido mamá.

Nos volvimos hacia la cama grande. Nos dirigíamos a ella, como si pudiera darnos una respuesta. Nora le había arreglado los cabellos; tenía el rostro gris, todavía tirante, y como si la vida no quisiera abandonarla realmente.

Era austera: toda su dulzura se había ido junto con su espíritu.

Giulia y Thomas, sentados junto a la cama, la miraban trastornados. Luigi se había conmovido y me abrazó:

—No me dejes, quédate a mi lado. —Luego me susurró al oído—: Pasquale debe de haberse vuelto loco. —Pasando por el vestíbulo, había oído, procedentes del comedor, gritos y ruido de objetos tirados al suelo y de loza rota—. No hay que perder de vista a Giulia.

Viola llegó jadeante.

—¡La cocina está cerrada y hay alguien que la está destrozando!

Ante aquellas palabras Giulia se levantó y se alejó corriendo.

Luigi parecía perfectamente dueño de la situación: le dijo a Thomas que saliera a recoger flores en el jardín, Viola se encargaría de elegir los jarrones; a mí se me encomendó buscar una colcha adecuada. Él, mientras tanto, se había acercado al secreter. Era pequeño y lleno de cajones y cajoncitos. Rebuscó por todas partes, pero no encontró ni el testamento ni cartas para nosotros. Luego abrió el cajón de la mesilla, donde se guardaban las cosas de aseo de la tía. Un sobre dirigido a nosotros tres estaba apoyado sobre cepillos, cremas y pañuelos de papel. Luigi lo desgarró, impaciente: contenía las disposiciones, idénticas a las de Bede, para un doble funeral. Respecto al testamento, en cambio, la tía escribía que tendríamos que ponernos en contacto con el notario Gulotta, el amigo de monseñor Bassi, en Roma.

—Ayer por la tarde abrí el cajón y no había ningún sobre —dijo Luigi. Y me miró. De repente me percaté de que tenía la frente marcada por las arrugas, la tez grisácea:

un viejo. Nos hacíamos las mismas preguntas: ¿y si la tía hubiera tenido una premonición? ¿Quién habría podido meter la carta en el cajón? ¿O es que tal vez alguien los había matado a ella y a Bede? Ambos estábamos perplejos ante aquel doble funeral. ¿Por qué?

Giulia gritaba, gritaba y lloraba. Era un quejido agudo y desgarrador.

De pie en la terraza de la antecocina, Pasquale y ella gimoteaban ahora, roncos. Por el suelo, los objetos de arcilla y las cerámicas que él debía haber destruido en pleno ataque de nervios. La cabeza de *Mentolo* estaba ensartada sobre una punta de la verja: a la izquierda un ramo de romero; a derecha, uno de laurel. Pasquale tenía a Giulia abrazada a él y nos decía entre sollozos que esa mañana, al abrir la puerta ventana de la cocina, se había encontrado delante un saco con el cuerpo de *Mentolo* dentro, decapitado.

Hablaban todos a la vez. Luigi preguntó qué había ocurrido, Pasquale vociferaba que los Lo Mondo habían matado a *Mentolo* y que él quería marcharse de inmediato, Pedrara era un sitio maléfico:

—¡Ahora! ¡Nos vamos ahora mismo! —Y luego, dirigiéndose a Luigi, añadió—: ¡Llámanos un coche!

—¡No, yo no me voy, yo quiero ir al funeral de mamá! —gritó Giulia.

Pasquale se volvió hecho una furia:

—¡Tú harás lo que yo te diga! ¡Esa gente nos odia, te matarán si te quedas!

Pero ahora Giulia se había pasado a los brazos de Luigi.

—Haz el favor de calmarte. —La voz de Luigi era gélida—. Tendréis un coche inmediatamente después de los funerales. Un coche con un maletero grande para que os llevéis todas vuestras cosas —precisó mirando a Pasquale directamente a los ojos. Este, con las piernas abiertas y los puños contraídos, al principio no contestó, después se puso a despotricar contra Giulia: era la artífice de sus desgracias y le había arruinado la carrera obligándolo a ir a Pedrara.

—¡Un maleficio es lo que nos han echado! ¡Nos destruirán si no nos largamos de aquí! —alborotaba sacudiendo los pies.

—Déjate de estupideces —intervino bruscamente Luigi—. Las cosas ocurren, y a veces ocurren a la vez. Contrólate.

Giulia, con la cabeza abandonada sobre su hombro, lloraba:

—¡No puedo más! ¡Mamá!

Pasquale dio un paso adelante y silbó:

—¡Cretina! ¡Si tú sólo pensabas en la herencia!

Giulia se volvió hacia él como si quisiera escupirle a la cara:

—¡Tú, tú... tú...! —Pero era demasiado para ella. Se desplomó de nuevo sobre el hombro de Luigi—: ¡Qué mal me siento!

Aquel revuelo pareció mitigarse de repente cuando se anunció la llegada de los Gurriero y de los Pulvirenti. Pasquale se retiró, pero Giulia cumplió con su deber y recibió a las visitas a nuestro lado. Yo estuve todo el tiempo como en trance: contestaba mecánicamente a las preguntas y, como recomendaba siempre la tía, en el momento de crisis me aferraba a las buenas maneras. Luego, desalentada, bajé los ojos y la mirada me cayó sobre el calzado de Mariella: se había disculpado cien veces por su vestimenta, poco adecuada para una visita de pésame, pero su marido había ido a recogerla al gimnasio y ella había venido tal como iba. Calzaba un par de zapatillas de gimnasia doradas, altas, con un refuerzo blanco y los cordones color fucsia. Desde ese momento, no vi más que zapatos: los mocasines con borla de Pietro Pulvirenti, los náuticos del notario, y luego las plataformas de cuerda de su mujer, e incluso —en los pies de la señora Gurriero— las sandalias de Positano, las primeras de la temporada.

A la hora de la comida, Nora trajo dos bandejas de pizza y *arancine.*

—No debíais haberos molestado —le dije.

—Es el *consolo.* Así nos dijo que lo hiciéramos el tío Bede —contestó ella.

Por segunda vez, Luigi tomó en sus manos las riendas de la situación. Llevó las negociaciones con las pompas fúnebres, hizo que una colega del Ministerio de Asuntos Exteriores le diera el número de teléfono de una empresa de transporte de confianza y habló largo rato con ellos. Luego nos llamó a nosotras, sus hermanas, y nos consultó el texto de la necrológica que aparecería en los periódicos *La Sicilia* e *Il Messaggero.*

—La empresa de transporte puede embalar todo lo que queramos llevarnos de aquí. Debemos hacerlo enseguida —el tono de Luigi era ahora imperioso—, pues en cuanto nos hayamos ido, por aquí empezarán a aparecer los chacales. Que quede claro —dijo luego dirigiéndose a Giulia—, ninguna intromisión por parte de Pasquale, o de Natascia. Las cosas las elegiremos nosotros, los hijos, y nadie más.

Luigi tenía razón, era necesario decidir qué muebles y qué objetos dejar aquí, cuáles llevarnos y cuáles vender en subasta, en Roma, y había que hacerlo antes del funeral: después resultaría realmente demasiado peligroso permanecer solos en Pedrara.

Pasquale había entrado en silencio en la veranda; se había quedado de pie, apartado. Miraba, en el paseo, el balanceo de los nuevos pámpanos de glicinias ante las ráfagas de un viento amigo, pero no perdía una sola palabra de lo que decíamos. En determinado momento, hizo ademán de acercarse; había recobrado su actitud resabida y quería decir lo que pensaba.

—Alto ahí —dijo Luigi levantando una mano—, ya has hablado bastante. De ti quiero tan sólo una respuesta clara y definitiva, y la quiero ahora: o te vas enseguida (hoy mismo, quiero decir), o te quedas y participas en el funeral de forma civilizada y educada en relación con los Lo Mondo.

En todo caso, Pasquale debería llevarse de allí todo lo que le pertenecía, devolver a su sitio todo lo que había cogido prestado y dejar limpios y ordenados los cuartos que había ocupado.

—Que sepas que cualquier cosa que dejes aquí será quemada —le advirtió Luigi.

La mirada de Giulia, pálida, pasaba del uno al otro.

—Voy a hacer las maletas —dijo por fin Pasquale, mirándola de forma siniestra—. Me marcharé inmediatamente después el funeral. ¡Doña Anna se lo merece! —Y se alejó con sus pesados pasos.

Antes de que Giulia pudiera seguirlo, Luigi la agarró de un brazo:

—Tú quédate aquí. ¡Ya iremos después a ver qué quiere llevarse ese fullero! —Y ella obedeció.

Decidí quedarme en la terraza mientras los chicos ponían la mesa. Me puse a observar a Pasquale. Recogía abatido las herramientas que le pertenecían y las dejaba sobre la mesa auxiliar. Luego cogió una zapa abandonada en un rincón y comenzó a dar golpes a cuanto quedaba de sus obras de arcilla, en silencio, mirándome de vez en cuando de soslayo. Con una escoba de zahína barrió los restos sobre la vereda del jardín y al montoncito que había formado así iba añadiendo poco a poco ramas secas, raíces, trozos de madera y todo lo que había recogido y acumulado en la casa. Parecía tranquilo, pero de vez en cuando asestaba una patada al montón de desechos para que no se derrumbara en los parterres, y eran patadas violentas y bien dirigidas. Como las que le daba a Giulia.

# 36
# Yo soy una mujer de verdad
*Miércoles, 23 de mayo, por la tarde*
(Mara)

Thomas parecía alelado. No se separaba de Viola, extrañamente tranquila ella también, y era como si ninguno de los dos fuera plenamente consciente de lo que había sucedido. Habían extendido un mantel sobre la mesa y colocado la pizza y las *arancine* traídas por Nora. Cada uno comería cuanto y cuando quisiera, dijo Luigi. Nos tomábamos los trozos de pizza y las *arancine* a mordiscos, sujetándolas con una servilleta de papel, algunos sentados, otros de pie, hasta alguno caminando. Era como si la muerte de la tía hubiera quebrado los tenues lazos que nos unían. Deambulábamos juntos por las habitaciones principales de la primera planta como si hiciéramos un inventario. Yo dije enseguida que me gustaría quedarme con la colección de vestidos antiguos de la tía y algún pequeño objeto como recuerdo. Giulia y Luigi no pusieron objeciones y me pidieron que los acompañara a la planta de arriba, con papel y lápiz, para tomar notas sobre el reparto del mobiliario. La avidez infantil de Luigi quedaba atemperada por la buena educación, al igual que la petulancia de Giulia.

Cuando bajamos, nos encontramos a Pasquale adormilado sobre el sofá de la galería. Junto a él, en el suelo, había quedado un trozo de pizza.

—Demos un paseo por los jardines —le propuse a Giulia, y me la llevé al mirador.

El gorgoteo de la fuente resultaba tranquilizador. El cielo era azul, como en los días precedentes. El paisaje, el mismo de siempre. Y sin embargo, en Pedrara había algo distinto. En las tumbas se entreveían sombras y luces. Y no se oían los cantos de Mali. Giulia observaba el agua que discurría a lo largo del canalillo de mármol.

—¿La tía sabía que Pasquale te pone las manos encima? —le pregunté a quemarropa.

—Sí...

—¿Y qué te decía?

—Me comprendía.

—¿Cómo que «te comprendía»?

Giulia se revolvió contra mí.

—¡Tú del amor no entiendes nada!

—¿Eso significa también romperte las costillas? ¿Hacerte abortar?

—¿Cómo lo sabes?

—Me lo imaginaba, y tú me lo has confirmado.

Giulia calló. Me miraba.

—Eres guapa, y sigues siendo joven, tienes una profesión..., y en cambio malgastas tu vida con ese hombre violento que te ha alejado de todos y te devora viva, dejándose mantener por ti, mejor dicho, que lo mantuviera la tía.

—¿Así que te gustaría ayudarme...?

—Tal vez. Al menos intentemos hablarlo. Yo vivo sola, lo sé, pero ninguno de mis hombres me tocó nunca con un dedo.

—Debería convertirme en lo que eres tú... ¡Una zapatera con clase! Yo necesito el amor carnal, Pasquale me ama. Y es el único que me mima.

—¡Ese hombre da asco!

—Yo, a diferencia de ti, soy una mujer de verdad.

Por la tarde llegó Natascia desde Bruselas. Luigi se sentía visiblemente aliviado y los dos se comportaban como los dueños de la casa. Junto con los chicos, habían organizado una sencilla cena: los restos del *consolo,* calentados en el horno, ensalada y quesos. En la mesa, Giulia me miraba con expresión aviesa. Pasquale no hablaba ni conmigo, ni con Luigi; se deshacía en melindres con Natascia, que era la única que le hacía caso. Los chicos tenían los ojos rojos, y permanecían tranquilos juntos.

Pasquale había preparado las maletas para volver a Roma después del funeral. Había cedido la cocina a Viola y a Thomas, que iban y venían llevando platos y jarras de agua, como si lo hubieran hecho siempre.

Salí afuera, era mi adiós a Pedrara. Pasé ante la casa de Bede. Lo habían expuesto en el despacho, el cuarto más grande. Allí estaban aún los hermanos con sus respectivas familias, y poca gente más. Desde el vano de una ventana, Gaetano Lo Mondo me seguía con la mirada. Me sentía vigilada, pero ya no tenía miedo. Era como si la muerte de la tía me hubiera hecho madurar.

No quise volver a la villa. Me dominaba el afán por adentrarme en la cantera, en la roca, y descubrir qué había allí. Mis pies me llevaban automáticamente hacia lo alto, hacia la pared por la que había salido el Land Rover la noche anterior.

Oí unos ruidos y me escondí en el hueco del olivo. La puerta de la pared de piedra estaba abierta. Salía un camión de tamaño medio, que fue al centro de la explanada a aparcar. Las portezuelas se abrieron y bajaron, uno a uno, una cincuentena de negros, cada uno con su propia bolsa. Algunos caminaban fatigosamente, como si estuvieran entumecidos. En un santiamén, el cargamento humano se había dispersado por el sendero pegado a la roca, enfrente de mí. El chófer arrojó la colilla del cigarrillo y la pisó. Tras dar un grito —*«Caricamu!»*, ¡En marcha!—, otros negros salieron del interior de la caverna y se apiñaron en el camión. Era una rutina veloz, programada hasta en sus mínimos detalles. Bien pronto, la caverna había engullido el camión y la pared se veía de nuevo compacta, con los largos pámpanos de las alcaparras ondeantes como únicos testigos de lo ocurrido.

Poco después, la roca se abrió de nuevo: esta vez era una furgoneta frigorífica. Otros africanos habían salido de la caverna y cargaban en la furgoneta sacos de plástico negro que tenían el aspecto de contener plantas de distinto tamaño, algunas muy pesadas. Esta vez, la operación duró más tiempo. Luego la furgoneta volvió a entrar en la caverna marcha atrás y desapareció. Esperé, por si había un tercer cargamento, luego me decidí a entrar.

Estaba ante la pared, la tocaba, la palpaba en busca de un botón, una manivela. Estaba cubierta por un panel de plástico con numerosos «bolsillos» llenos de tierra: cada uno contenía una lujuriante planta de alcaparras, una palmerita, o sencillamente los hierbajos y las plantas silvestres que crecían sobre las rocas. Por fin encontré un botón, presumiblemente un timbre, bien oculto por una piedra. Alguien había invertido mucho dinero en aquella estructura. No osaba presionar el botón, tenía miedo. Sentí que algo se arrastraba y me sobresalté. ¿Sería una serpiente?

—*Madame.*

Era Jacques, junto a mí. Me había seguido.

—Vacían los invernaderos, se están llevando las plantas —susurró. En un primer momento, no lo había reconocido: llevaba camisa, zapatos y pantalones limpios. Era un chico guapo—. Esta noche nos vamos, ¿por qué no se viene usted también conmigo? —Le expliqué que no podía, pero quería entrar en la caverna.

—¿Lo intentamos?

—Intentémoslo —contestó él. Apreté el botón y la puerta se abrió con docilidad.

Nos hallábamos en la entrada de un túnel ferroviario carente de raíles que ascendía en espiral; a la derecha se abría una galería más estrecha, también transitable; al fondo se entreveía un tenue resplandor. Jacques me hizo un gesto para que entráramos.

—¿Qué es?

—El invernadero —dijo él.

—¿Bajo tierra?

—Venga, se lo enseño.

—¿Y qué crece aquí dentro?

—Ya lo verá, *madame.*

Pero en realidad empezaba a entender.

El pasillo conducía a una escalera ante la que se abrían otros pasillos, otras escaleras. Era un hormiguero, mal iluminado por bombillas eléctricas.

—La llevo a mi escondrijo —dijo Jacques—, desde allí se ve todo.

Y nos encaramamos hasta una grieta muy estrecha, que se ensanchaba en un espacio apenas suficiente para nuestros cuerpos: un ancho tragaluz daba a una caverna amplia y alta. Parecía una catedral ortodoxa, con la bóveda ennegrecida por el humo de las velas. De lo alto colgaban unos cables que luego se enfilaban o se apoyaban en largos tubos, de los cuales caían decenas y decenas de nuevos alambres, cada uno con una teja, negra arriba y plateada abajo, que servía de pantalla para una larga lámpara halógena. Cientos de estas lámparas, en hileras ordenadas, creaban la ilusión de que era de día para miles de plantitas. A lo largo de las paredes, enormes tubos con el núcleo de hierro en espiral recubierto de material aislante plateado, y un ventilador en el extremo: un complejo sistema de aireación. A distancia regular, los recipientes del agua para regar las plantas. De plástico turquesa, formaban una mancha de color. A lo largo de las paredes toscas, contadores eléctricos; arriba, en ordenada secuencia, estaban conectados los acondicionadores de aire. La caverna era inmensa. Una parte estaba separada de las plantas por un muro alto. Allí estaban los grupos electrógenos de gasolina. Eran muy ruidosos, el zumbido ascendía ensordecedor.

—¿Para qué sirven? —pregunté.

—Cada uno de ellos tiene una autonomía de diez horas, deben mantener la corriente eléctrica estable. Las plantas de marihuana lo necesitan, y los vigilantes están siempre presentes. Vámonos.

La luz de abajo era tan intensa, y el contraste con la oscuridad de arriba tan fuerte, que no había visto a los hombres que trabajaban allí. Todos con su mascarilla y sólo con los calzoncillos encima, cada equipo con una tarea distinta, según las fases de crecimiento de las plantas: había vástagos y había plantas de dos metros de altura.

—El ciclo es continuo —me explicaba Jacques—,

cuando se quitan las plantas macho, que producen hierba de peor calidad que las hembras, el olor intoxica y aturde. Hacemos turnos de diez minutos, y luego nos vamos a tomar una bocanada de aire. —Yo notaba cómo me subía a las narices un olor acre.

—¿Y vosotros cómo es que acabáis aquí?

—Pagamos para ser acogidos en una casa rural, o por lo menos es así como la llaman, y acabamos haciendo de esclavos. El jefe gana su buen dinero con esto. Si desobedecemos, nos espera el lecho de adelfas. Somos clandestinos, no existimos.

Había alboroto entre los negros, allí al fondo.

—Ha sucedido algo grave —dijo Jacques.

Nos escabullimos rápidamente y nos agazapamos junto a la puerta, dispuestos a escapar en cuanto se abriera. Me sentía intoxicada. Ruido de pasos como de un pelotón de soldados, ordenados, veloces. Luego una luz. Un Land Rover, el que había visto la noche anterior, bajaba por el túnel. Los faros iluminaron mis zapatos. No me moví, aterrorizada, convencida de que me habían reconocido.

La puerta se abrió. El Land Rover se detuvo, sus faros seguían iluminando mis zapatos. Luego, el alboroto. Los negros, que se habían ocultado en las paredes de la caverna, saltaron sobre el Land Rover cubriendo cristales y techo, pegándose a la portezuela. Otros negros se afanaban en bloquear el mecanismo de apertura de la puerta-pared; trabajaban a toda prisa, daban la impresión de saber lo que hacían. Todo en un silencio absoluto. Los faros, que seguían encendidos, estaban cubiertos por los cuerpos de los negros. Salí huyendo y corrí a casa, jadeante. Sólo entonces me di cuenta de que había perdido a Jacques; me lo imaginé mientras subía, siguiendo la espiral del túnel, hacia un futuro por descubrir.

Permanecí despierta casi toda la noche, en el cuarto de la tía. Habría querido ofrecerle la dignidad de un velatorio, pero mi pensamiento no podía dejar de volver a cuanto había sucedido en el túnel. Me acercaba a la ventana: la oscuridad era total. A veces creía oír voces, pasos, automóviles. Y hasta gritos. Disparos. Pero eran los ruidos del campo: chillidos de aves, pisoteos de garduñas, piedras que caían, ladridos de perros en la lejanía. Luego, el silencio volvía a reinar sobre Pedrara. Entonces me abandonaba a la imaginación; me parecía ver sobre las paredes de la cantera a muchos jóvenes negros que salían de las tumbas y, en la oscuridad, avanzaban cautos sobre los estrechos senderos, agarrándose a lo que podían, subiendo y bajando por la pared, uno detrás de otro, en dirección a la caverna de la puerta abierta de par en par. Pasaban junto al Land Rover ahora ya abandonado con las portezuelas abiertas y emprendían su camino por el túnel hacia una libertad, tal vez efímera pero alejada del veneno de las adelfas.

Como un columpio, mi pensamiento fluctuaba de los negros —¿adónde irían?, ¿y si había habido muertos?— a la tía —¿qué sabía de todo eso?—, a Bede —¿cuál había sido su papel en todo aquello?—, y se detenía consternado en nosotros, totalmente ignaros y, sin embargo, legalmente responsables y corriendo el riesgo de ser incriminados por delitos muy serios. Tendría que hablar del asunto con Giulia y Luigi.

Los primeros pájaros se aventuraban tímidos en el aire húmedo de la aurora. Detrás del altozano, una claridad rosada: el cielo se preparaba para la madrugada. Oía pasos cerca de la casa de Bede. Luego, ruido de motores. Luego, silencio. De nuevo pasos, de nuevo motores. Cada vez más frecuentes. Me pregunté si alguien nos informaría sobre lo que estaba ocurriendo. Bajé por la escalera interior a la hospedería y me introduje en el túnel: la luz estaba apagada, el pasadizo bloqueado por una pared de piedrecitas y cemento todavía fresco. Volví al cuarto de la tía y ya no quise dejarla sola.

Por la mañana, Nora vino con una bandeja de bollos frescos para el desayuno. Se puso a decir una plegaria por la tía.

—¿Qué tal va todo? —me preguntó antes de irse.

—Todo muy bien, gracias. ¿Y en vuestra casa?

Nora no se esperaba esa pregunta.

—Se llevaron los transformadores, y todas las cosas del tío... —Se detuvo, llevándose una mano a la boca—. *Matri mia,* ¡no debería haber hablado!

Me imploró que me olvidara de lo que acababa de decirme. Le aseguré que ya lo había hecho.

El doctor Gurriero tenía razón: debíamos abandonar Pedrara lo antes posible.

# 37
# Monte Lauro
## (Bede)

*Ahora que soy espíritu, el tiempo se ha detenido. Más tarde, muy despacio, bajaremos a la nada, Anna.*

*Mis sobrinos han cerrado la puerta de la capilla. La cremación está a punto de comenzar. Vente conmigo, Anna, vayámonos juntos, el cielo está limpio, las nubes bajas a occidente están a punto de disolverse y todo será nuestro.*

*Volemos sobre el monte Lauro, ahí está, grande, circular, traicionando su antigua naturaleza de volcán. Ahora nos acercamos, ¿ves el pinar? El monte Lauro es todo verde, sus costas parecen las profundas grietas de una granada, cortadas por los ríos que brotan de sus faldas: el Anapo, el Irminio, el más largo, el Cassibile, el Asinara. Bajemos a las canteras, quisiera rozar contigo las aguas frías de las pozas, los rápidos espumeantes, zambullirnos desde las cascadas.*

*Es extraño ver los árboles desde lo alto: son como burbujas verdes, manchas, marañas de ramas y hojas. Las únicas florecidas son las adelfas. ¿Te acuerdas, Anna, de cuánto nos gustaban? Cortadas, adornaban la casa. Yo hacía que te las encontraras en los jarrones cuando llegabas.*

*Mira, las aves prueban el aire. Ahí están las currucas capirotadas, en tropel, y el cernícalo solitario, amo del cielo. Oigo el grito del cuclillo que marca el tiempo, el vocear de las tórtolas.*

*Bajemos todavía un poco más para ver las mariposas, de alas coloradísimas, las libélulas, las abejas... Sigamos el estuario del Irminio, las dunas de arena, los verdes enebros. Mira los bancos de arena bajo el agua transparente, verdísima, las gallinas de agua, las fochas.*

*Remontemos el Cassibile, los remansos de agua, los laguitos de esmeralda con sus fondos de piedra blanca...*

*Qué bonito es el mundo que abandonamos. Y en el que nos amamos por primera vez. ¿Te acuerdas?*

Era el año anterior a la muerte de Tommaso. El verano de mis veinticinco años, en Pedrara, durante las vacaciones estivales. Tommaso se había quedado en Roma por compromisos de trabajo. Había sido nombrado embajador en el Vaticano, un cargo importante y en absoluto grato: él habría deseado volver a África, a pesar de que no fuera la mejor sede para los estudios de sus hijos, y no le había sentado bien. La atmósfera en casa era muy tensa.

No veía a mis padres desde que había acabado la carrera. Estar en Pedrara despertaba de nuevo en mí el deseo de encontrarme con ellos; la imposibilidad de realizarlo, a pesar de que estuviéramos cerca, me martirizaba. Intentaba consolarme concentrándome en mí mismo. Corría, hacía ejercicios para mantenerme en forma e iba a sitios perdidos a bañarme desnudo, por vanidad: quería un bronceado integral.

Acudía a menudo a un punto donde el río había formado una poza estrecha y profunda, ideal para lanzarme desde una columna de roca que servía de trampolín. Me excitaba la posibilidad de que alguien me viera. Y el riesgo del salto: un error, y me estrellaría contra las piedras.

Un día de julio estaba sobre la columna de roca, dispuesto a zambullirme. Levanté los brazos e hice un perfecto salto vertical: la sensación de frescura era deliciosa. Había salido a flote y nadaba cuando oí a alguien que lloraba. No se calmaba. Yendo a contracorriente procuré acercarme. Parecía un animal herido. En cambio, eras tú. Sentada de espaldas sobre las piedras del teatrito de los niños, llorabas. Sola, en traje de baño. Me pareció normal acercarme para consolarte. Tú seguías llorando como si yo no estuviera allí. Te tocaba el brazo, te cogía la mano, te susurraba palabritas de consuelo: todo era inútil. Entonces me callé y empecé a acariciarte brazos y hombros. Me fui excitando. Te cogí el rostro entre las manos, tenías las mejillas húmedas. Me mirabas, por fin. Te frotaba con un dedo los labios hinchados. Seguía su contorno, luego acerqué mi boca a la tuya. No me rechazaste, sino que hiciste ademán de levantarte, muy despacio, y yo te sostenía. Y me endurecía. Nos amamos, sin decirnos una sola palabra. Y así ocurrió cada vez que venías a Pedrara. El juego del beso en silencio se convirtió en el rito de nuestra intimidad.

*Anna, quién sabe dónde estará Tommaso. ¿Lo encontraremos? Tú hubieras preferido el silencio también aquella vez.*

—Tú eres un don nadie mezclado con nada, *nuddu ammiscatu cu nenti* —me dijo, cuando le hablé, contigo a mi lado. Estábamos los tres de pie, en el mirador. Fui yo quien quiso hablar: para ser límpido, honrado. Creía que le supondría un alivio: la cuñada convertida en mujer por conveniencia y para proporcionarle un hijo varón le había dado lustre y respetabilidad. Tú habrías mantenido tu papel de mujer del embajador y habrías continuado ocupándote de los hijos, pero, a diferencia de antes, habrías sido una mujer apagada. Yo, su Ganímedes, como él me llamaba, habría estado doblemente unido a la familia.

Pero Tommaso, mirándote de soslayo, había repetido, despreciativo, las mismas palabras dirigidas a ti:

—Y tú también, también tú *si' nuddu ammiscatu cu nenti.*

Tú, por primera vez, habías levantado la voz:

—¡Me parece bien, mejor dicho, me parece estupendo, ser *'u nenti ammiscatu al nuddu* de Bede!

La mirada de él vagaba de ti a mí, de mí a ti. Nos quedamos de pie, cara a cara, y mudos. Tommaso había perdido la omnipotencia. Aceptaba que fuera versátil, pero el hecho de que las mujeres me gustaran tanto como los hombres constituía algo más que una traición: una abjura. Se dio media vuelta y nos dejó allí. Y tú extendiste la mano hacia mí.

*Dame de nuevo la mano, Anna, y volemos antes de que nuestro espíritu se disuelva en el aire. Volemos a casa, de modo que lo que queda de nosotros caiga ligero e impalpable sobre las adelfas de Pedrara.*

## 38
## Entre Valiant Travel y Mr. Yamaguchi
*Viernes, 25 de mayo, por la tarde*
(Mara)

Estoy esperando en la sala VIP de Fiumicino el enlace para Milán. Viola se marchó anoche, un poco lacrimosa pero decidida. Habla de retomar los estudios, y sigue anhelando lo imposible: la clínica de Las Vegas. En la revista de viajes que ofrece la compañía aérea veo la foto de una playa de piedras. Barbados. Una playa blanca, de piedras y corales. «Un tesoro escondido», reza en el artículo. Tía Anna hablaba de las joyas como de un tesoro escondido, «las piedras», las llamaba. La noche antes, mientras asistía al éxodo de los negros a lo largo de la cantera, pensaba en la razón por la que tía Anna nunca me había dejado ver el collar falso. ¿Se avergonzaba? Y, sin embargo, se lo había visto al cuello en las viejas fotografías, como también en el cuello de mi madre. ¿Y por qué lo había escondido en la librería, visto que era falso?

Por el contrario, hablaba de las «piedras», tranquila: no se las robaría nadie. Estaban allí, sus piedras, nos esperaban. Tan sólo nosotros sabíamos de su existencia. Y la tía quería que fueran para Viola. «Las piedras.» Eso murmuraba. Las piedras de Viola. Piedras blancas como las de las playas de Barbados. Guijarros.

Sentía adoración por Viola, como si fuera su verdadera

nieta, y para su confirmación le había regalado una cajita de latón y esmalte con unas piedrecitas dentro. Una decepción, para Viola, aquellas piedras...

En ese momento, el gusanillo de una sospecha.

Algo no cuadra. Lo siento. Y por fin, ¡la iluminación!

Llamo a Viola, por suerte me contesta. Le pregunto si sigue teniendo aún la cajita de la abuela.

—Sí —me dice.

Le digo que se la lleve a Antonio, nuestro amigo joyero, de inmediato, con todo lo que tiene dentro, y que me mantenga informada.

En Linate aguardo ansiosa a que mi maleta aparezca en la cinta transportadora. Pesa bastante. Contiene papeles, jarrones, objetos de *cloisonné.* ¡Y las piedras, las que Pasquale me ha tirado, las del saquito que estaba en el horno!

Salgo, las puertas automáticas se abren, estoy en la sala de llegadas.

Viola, con una bufanda al cuello, mangas largas para esconder los brazos, esboza una sonrisilla y levanta un cartel con un letrero en caracteres cubitales rojos que destaca en medio de los muchos carteles de compañías, hoteles y tour operadores. Entre VALIANT TRAVEL y MR. YAMAGUCHI, aparece escrito: DIAMANTES.

Y luego llega un sms. De Giulia. «Voy a tu casa, yo sola. ¿Tienes sitio para mí?»

# Agradecimientos

Doy las gracias a Milko Dalacchi y a su madre Giulia Palmeri, que me abrieron generosamente los armarios de su extraordinaria colección de vestidos antiguos; a Marco Denti, por su solícito asesoramiento acerca de las músicas de Mali; a Nicola Gardini, que me ha «regalado» sus hermosísimas traducciones de los versos de Anacreonte, Píndaro y Teognis.

Por último, como siempre y más que nunca, doy las gracias a Alberto Rollo y a Giovanna Salvia, que han estado muy próximos a mí y me han apoyado en la génesis y en el desarrollo de esta novela, escrita durante el periodo de luto por mi madre.